成蹊集

朱瑾 著

王军 插图

西北大学出版社
·西安·

图书在版编目(CIP)数据

成蹊集 / 朱瑾著；王军插图. -- 西安：西北大学出版社, 2024. 12. -- ISBN 978-7-5604-5544-0

Ⅰ. I267.1

中国国家版本馆 CIP 数据核字第 2025JG2697 号

成 蹊 集
CHENG XI JI

朱　瑾　著
王　军　插图

出版发行　西北大学出版社
(地址：西北大学校内　邮编：710069　电话：029-88303404)
http://nwupress.nwu.edu.cn　　　E-mail: xdpress@nwu.edu.cn

经　销	全国新华书店
印　刷	西安博睿印刷有限公司
开　本	889 毫米×1194 毫米　1/32
印　张	7.75
版　次	2024 年 12 月第 1 版
印　次	2024 年 12 月第 1 次印刷
字　数	162 千字
书　号	ISBN 978-7-5604-5544-0
定　价	58.00 元

本版图书如有印装质量问题，请拨打 029-88302966 予以调换。

目录

做人要做灰太狼　　/ 1

窗外窗内　　/ 4

获奖感言　　/ 6

热爱　　/ 8

冯老师　　/ 11

马师　　/ 14

毕业寄语　　/ 16

芦荟　　/ 19

别人家的孩子　　/ 21

"三点五"　　/ 23

"大活"　　/ 25

"120"　　/ 28

亲戚是用来麻烦的？　　/ 30

儿子的长安花　　/ 33

如鲠在喉（一）　　/ 36

如鲠在喉（二）　　/ 39

儿子的羞涩　　/ 42

推己及人和换位思考（一）　　/ 46

推己及人和换位思考（二） / 49

推己及人和换位思考（三） / 54

推己及人和换位思考（四） / 57

曲言讳（晦）义 / 61

盐水鸭 / 64

绿豆芽 / 66

诗在民间 / 69

生命桥 / 71

刘师 / 73

石台 / 76

最幸福的事 / 79

表白女神 / 83

一日可爱唯夕阳 / 86

甘心做绿叶 / 89

承压力 / 92

补课 / 95

补课·叛逆期 / 99

倚老卖老 / 103

客气/不客气 / 106

认同感（一） / 108

医院那些事 / 111

等…… / 119

屏幕背后 / 122

爱的缺失 / 124

善有善报 / 129

爱的印记（一） / 132

爱的印记（二） / 135

一事能狂便少年 / 137

位置 / 140

佛系 / 143

为他们点赞 / 149

最美的微笑 / 152

人生若只如初见 / 154

小大人综合征 / 157

"绑架" / 161

父亲二三事 / 164

认同感（二） / 169

填空 / 172

之一 or 唯一 / 175

读着报纸长大的一代 / 178

朋友圈——人生的另一战场？ / 182

伙伴 / 187

报复人的最好方式　／190

一见如故，有问题吗　／192

既当运动员又当裁判员——孩子，你背得动吗　／195

听妈妈讲过去的事情　／199

我和你爸离婚，儿子，你怎么看　／202

点赞 or 不点，是个问题　／206

都是苹果惹的祸　／209

恋爱模式之叶公好龙　／212

爱拼真的会赢？　／214

秋天的童话　／217

软和硬　／220

语言艺术　／223

官宣　／226

为青春喝彩　／228

黄老师　／231

同学聚会　／234

附录　／237

后记　／240

做人要做灰太狼

因为学棋,儿子在网上申请了一个QQ号,网名"大王"。我问他为何叫这个名字,他笑而不答。直到见他一眼不眨、专心致志地看着动画片《喜羊羊与灰太狼》,看到其中的"灰太狼大王"就手舞足蹈、欢呼雀跃,我才明白原来他叫大王是因为钟情于灰太狼!

是啊,"做人要做喜羊羊,嫁人要嫁灰太狼",坊间的这句流行语早已家喻户晓。但我不喜欢喜羊羊,它似乎太过完美,尽管它聪慧、善良、正直、有本领,貌似无所不能,但现实生活中的原型却很难找到。而灰太狼却不同,它的形象是真实的、可信的、鲜活的,现实生活中随处可见,甚至稍作自省,便能在自己身上发现它的影子。

事业上,灰太狼是一个百分之百的敬业者和工作狂。为了能够抓住美味的小羊,它不惜使出浑身解数——武力、计谋、权术,凡是能想到用来对付小羊的方法无一不悉数使出,而结果也往往让小羊上当,几乎差一点就成了它家餐桌上的美食。当然,小羊们最后总会逃脱——当然这是观众希望看到的结果,我们暂且不提。但就从灰太狼个人的行为来看,它的事业不可谓不成功，头脑不可谓不灵活，否则不会屡次在与小羊的对决中占得先机。因为它十分明白在物竞天择、优胜劣汰的大自然里，狼是比羊实力更强的种群，有着更大的生存优势。而当面对比自己力量更为强大的"包包大人"（大象）时，它又立刻卑躬屈膝、唯唯诺诺。可见，灰太狼是十分懂得生存法则的，它知道如何让自己在偌大的动物世界里生活得更加惬意。至于为维持生存所采用的各种手段，除去违背道德底线的以外，还是能够为我们所接受的，因为其实它也是在用辛勤劳动为自己换取一份更美好的生活，无可厚非。

家庭生活中，灰太狼更是一个好丈夫、好父亲。它怕老婆是出了名的，无论夫人红太狼对它如何声色俱厉，它都百分百照单执行。尽管也会发些小小的牢骚，但它愿意为自己的家尽最大努力。当自己的老婆和孩子因为得了甲流被隔离治疗而见不到它们时，灰太狼竟然费尽心思研制出了一种病毒，并给自己注射，让自己也得上了甲流，就是为了能和家人团聚。这种单纯朴素的情感发生在灰太狼身上，更让人觉得它的可爱可亲。

我想正是因为灰太狼的真实、可爱，我的孩子才爱它，我才爱它。尽管孩子因为灰太狼最后总是很倒霉而不愿承认自己钟情于这个人物，但我仍能感觉到他内心里是喜欢灰太狼的。是啊，率真的人时常会感叹命运不济、世态炎凉，认为真实没有生存的空间。然而，其实命运对每个人都是公平的，它也许没有给予你美丽的容颜，使你面对别人时会少一些自信；也许没有给你聪明的头脑，使你总觉得做任何事都比别人慢半拍；也许没有给你强健的体魄，让你时常遭受病痛的折磨；也许没有给你优越的家庭环境，使你总嗟叹生不逢时；也许没有给你纯真的爱情，让你感叹情关难渡……即使这些你都没有，你也一定会得到上天送给你的一颗最真实的心、最本真的我，为人生目标去努力奋斗、奋力拼搏的决心与毅力，坚忍的性格与果敢的勇气，以及经过历练百折不挠的精神与战胜困难的信心。就像灰太狼那样，打不垮、折不弯、累不倒、趴不下，有了这些，那，人生还有什么过不去的坎呢？

2011.09.30

法国亚眠大教堂

窗外窗内

教室的窗外

是一排松树

我初登讲台时

它们的个头还不及窗台高

如今

它们的枝叶早已遮蔽了整个窗户

在微微的春风里

送来清新与惬意

教室的窗内

是一班学生

十年中

变换的是面容

不变的是对知识渴求的心

正如窗外的一片绿色

日日生长，年年茁壮

成蹊集

在阳光雨露的润泽下

萌出希望，焕发新生

2012.05.22

获奖感言

细细品读学生眼中的我、笔尖下的我，先是惶惶不安，觉得自己于这些溢美之词受之有愧，继而感觉眼眶渐渐湿润起来，内心里充满了感动与感激之情。

感动于我的学生，能够用他们单纯的心去感受一位普通老师的职业精神，用他们澄澈的眼睛去发现一名知识传授者的耐心与苦心，用他们热情的行动去表达对园丁的喜欢与欣赏……

感谢我的学生，能够用他们至纯至美的文字吐露对于老师的拳拳深情，用他们细心的观察去体味老师赋予的知识，再用他们细腻和饱含真情的笔触抒发出自己对老师的尊重与敬佩……

而我，其实只是做了自己应该做的——我的工作，我的职责，我的理想。学生们对我的评价，是肯定、赞扬，更是鼓励与鞭策。在人生的课堂上，学生会在我和如我的许多老师的教诲中日渐成长，而我们也同样会在学生们的激励与督促中不断进步。

谨教善学勤为径，慎言乐思勉作蹊。愿以这句话与我的学生们共勉。

感谢学校，也再次感谢我可爱的学生们。

2013.04.02

学校举办了"我眼中的最美教师"征文活动，我授课班级的一名学生以我为主角撰写的征文获奖。此文是我受邀参加颁奖典礼时的发言稿。

热爱

每当听说那些攀登珠峰或其他世界级山峰的登山者，或成功登顶，或半途而废，铩羽而归，期待从头再来，甚至牺牲生命的事情，我总情不自禁地要问：他们为什么要这样？是怎样的动力激励着他们冒着生命危险而做出如此举动？而见诸媒体的所有攀登者的回答，几乎都是同一句话：因为它就在那里。

这句话早已成为所有有志于征服世界任何一座高山的攀登者的座右铭了。此话出自早期珠峰的一位攀登者，据说后来这位攀登者曾在一次登山途中丧命。我想，这句话所包含的无外乎两个字——热爱，即对自己所执着的事情的热爱，以及由此激发出的行动时的巨大动力。

热爱是一种精神，有了这种精神，莫说是世界第一高峰，即便是天宫也是上得去的。热爱源于兴趣，源于发现和探索的好奇。上一年级的儿子趴在书桌上一笔一画地写字，看到和书上一模一样的字也能经过他的小手跃然纸上，我欣喜得笑逐颜开；读了一篇好文章，我会掩卷沉思，或舒展胸怀，或潸然泪下，为文中的情节感动不已；我的学生听到一堂精彩的讲课，也会微微颔首，露出"于我心有戚戚焉"的表情，有心满意足之感……

所有这些都是因为我们对自己所做的事情的好奇与喜欢，进而认真探索，努力钻研，在享受探求与收获的过程中体味人生的快乐，培养热爱的精神。

这种精神是潜移默化的，一旦拥有并扎根于每个人的心灵之中，便能激发人们无限的动力。无论你对人生道路的选择如何，只要认准了目标，拿出热爱的精神，努力前行，终点总会离你越来越近。就像那些攀登者，尽管前进的道路上总有猛烈的风霜雨雪，甚至有危及生命的雪崩威胁，但只要怀着对目标的执着，内心的热爱总会激励着他们向前，向前，再向前。

当然，这种精神是平静的，像涓涓的小溪，在成长的过程中慢慢浸润着我们的心灵，然后在需要把它转化成战胜困难的动力的时候，就会汇聚成汪洋大海，推动着我们去跨越前进道路上的暗礁险滩，从而到达胜利的彼岸。

"无限风光在险峰。"我们每一个行走在自己人生旅途上的人不也都是攀登者吗？每个人的心中都有一座珠穆朗玛峰，目之所及，咫尺之遥。有了这种执着热爱的精神，那，也算是一小步的距离。

2013.11.25

戍暧集

冯老师

冯老师是我以前的同事，后来不在一个单位了，偶尔见面却还是有的。之所以感觉他有可写之处，大概总是以为他身上有些与众不同的东西吧。

初见冯老师，是在几年前的一次员工大会上，领导给我们介绍说新来了一位博士，话音未落，倏然站起一个头发半白的男士，我还以为看错了人。当时就在想，即便是工作过一段时间再去读书，也不至于这么一把年纪了才毕业吧？况且听同事说他的小孩刚上小学，怎么就老成这样了？

那一次只看到了冯老师的背影，唯一印象深刻的只有那半头白发，想着快知天命的人怎么就被领导招了来为学院作贡献呢？直到后来因为他的一个亲戚要报考我先生的研究生，我们才有了更多的接触。这才知道原来他竟然比我还小四岁！他夫人笑言每每全家三口同行，别人总问冯老师是不是儿子的爷爷，他们早习惯了。

其实细看冯老师的样貌，还是蛮年轻的，宽额头，方圆脸，皮肤细滑白净，脸上几乎找不出一丝皱纹，笑起来眼睛在眼镜片后面眯成一条缝，很宽厚的样子。唯一让人误会他年龄的就是那大半头白发。几年过去了，他的头发差不多全白了，总让人感觉他很辛苦似的。

后来才知道冯老师确实辛苦。夫人在银行上班，早出晚归顾不上家，他忙工作忙儿子，操心不少。前些年他儿子上小学，他早送晚接，没有一天落下。我常看到他下午站在小学校门口向里张望等着儿子出来的身影。一直到他儿子上六年级比他都高出一头了，他依然每天接孩子放学。这两年，他儿子到另外一所较远的学校上初中，他把儿子安排在学校附近的爷爷家吃住，每天中午还都要赶过去询问孩子的学习情况，晚上陪学到很晚。

每次在路上碰到冯老师，他跟我聊的也都是孩子的事情，诸如要给孩子吃好啊、穿暖啊，要多关注孩子心理啊，等等。他一脸倦容却精神百倍，为事业、为家庭，乐此不疲，快乐地忙碌着。

冯老师像我爸。也许正因如此，我对他印象深刻。我爸是20世纪60年代的大学生，一辈子尽职工作、本分持家，为我和我哥操碎了心。（我妈的工作单位较远，她照顾我们有些力不从心。）我的生活被他事无巨细管遍了，甚至现在他还时时提醒我出门旅行要拉电闸、关水阀，他的头发也是从我有记忆开始就白了。

而我爸的青年时代毕竟不同于现在，在目下这个人人喊叫"压力山大"、处处以物质实力评判人的质量的年代，像冯老师这样一个对孩子成长关心有加的父亲真是不多见。有这样的父亲是幸运的,有这样父亲的社会是温暖的,是充满了希望的。

2014.11.19

马师

马师是常在我们家属院里转圈吆喝着修理油烟机、燃气灶的师傅。前些年骑个半旧自行车，车筐里载着他的修理工具——一个白塑料桶、几袋清洗剂、一个钢丝球等。这两年换成了电动摩托，大概是转圈的速度快了，也不大能听到他的吆喝了。

马师原是附近一家国企的工人，后来因为厂里效益不好，家里负担也有点重——老婆没工作，还有三个孩子要养，于是就办了内退，出来干起了清洗油烟机的活儿。我刚结识他的时候，他的大孩子还在上高中，如今小儿子都上大学了。孩子们从小到大，吃穿用度，一应学费，全是靠他两只手一个油烟机一个油烟机地洗出来的。在热气腾腾、有些刺鼻的清洗液蒸气的笼罩中，能看到他蹲在地上，低头除污、清洗的背影。

快过年了，马师又该忙起来了吧？他说往年到年下有时一天要洗六个油烟机，还都是提前预约好的。累，是肯定的，但他的脸上始终挂着笑容——为家为儿女奔忙，应该就是他的幸福了。

2014.11.26

戎暖集

毕业寄语

六年前,你还是懵懂稚嫩的孩童
紧紧拉着我的手走进附小的校门
如今,你已长成意气风发的少年
昂首挺胸即将奔赴新的中学

还记得升旗仪式上你高唱国歌充满自豪
还记得第一次戴上红领巾你兴奋不已
还记得考试百分你信心更足
还记得运动会上你努力奔跑力争第一

而这一切的一切
都来自母校辛勤的培养
得自老师耐心的教导
源自附小优良学风的熏陶

家长会上老师细致的解说还言犹在耳
作业本上老师认真的批注还历历在目

素质单上老师真心的鼓励仍激荡在胸
电话沟通中老师诚恳的交流还感动心间

欢乐，有附小相随
泪水，有附小相伴
成功，有附小见证
失败，有附小鼓励

孩子
是附小为你温暖了幼小的心灵
是附小培养你从稚嫩走向成熟
是附小为你开启通向成功的大门
是附小伴随你奔向理想的彼岸

是雄鹰就应展翅翱翔于蓝天之上
是蛟龙就要腾跃于惊涛骇浪之间
小小少年即将振翅高飞
理想之船就要扬帆远航

孩子
无论将来你身在何处
请一定铭记附小这座美丽的校园

戍暖集

　　这个曾经培养你成长的大家庭

　　记得这里的一切
　　春天的桃花
　　夏日的垂柳
　　和那高大的白杨树

　　　　　　　写于2015.06.09儿子小学毕业的夏天

芦荟

九年前,买了一小盆芦荟。那时流行多肉植物,有同事买了一堆养在办公室里,不仅美化了办公环境,而且吸附了电脑产生的辐射,且满眼绿色令人心旷神怡,一举几得。于是大家纷纷效仿,我也就跟风养了这么一小株芦荟,放在厨房窗台上,权当好玩。

初时只想着新鲜几天它就如路边花坛中的花朵不几日就化作春泥了,没想到九年下来,人家非但没成泥土,反而从半指高长到了一尺多高,且在根部周围泥土中又冒出了三株小芽!可惜的是它只往高里长,却不往"胖"里伸。这要怪我始终没有换过盆,因为不懂种植花草之道,生怕一换盆,它便永远与那泥土化为一道了,所以干脆就保持原状吧。我对它唯一的照顾就是每隔十天半月浇一次水,没想到它竟也坚强、"苗条"地活了九年!

忽然想起课文《种子的力》来。无论再逼仄的环境,只要有能存活的条件,种子也能从岩石缝中钻出来,甚至顶开岩石,长成参天大树。上天也许没有赐予我们好的开始、优秀的基因和天赋,甚至连成长的环境和过程都充满坎坷,但是只要有阳光、空气和水,有顽强生长的决心和勇气,又有什么是不能克服的呢?向下扎根,向上生长,不惧束缚,勇敢呼吸,芦荟的力量可见一斑。"其作始也简,其将毕也必巨",说的就是这个道理吧。

2019.11.03

别人家的孩子

单位开会，每每领导讲话激励大家，总是要提到某某老师潜心研究多少多少年，终于学术有成，拿下了国字号的基金项目；某某同仁埋头苦干，不知不觉在短时间内评上了教授、博导；某某学生吃苦耐劳，毕业十年成就已经远超我们这些当年的为师之人……每当听到这些讲话，在振奋之余，总是会令坐在台下的我汗颜——学长、同仁、晚辈一个个追赶超越，而我依然坚守三尺讲台，业绩平平；且每每领导细数优秀人物先进事迹时，我都不敢抬头，羞愧间恍然穿越到平常教育自家小儿"你看人家某某某怎么学得那么好……"的空间里，只是此时的身份与彼时的小儿换位，对这些"别人家的孩子"只有羡慕、嫉妒的份儿。

领导也是苦出身，在基层和我们一起打拼奋斗了十余载，能到现在的位置委实不易。有时候觉得将他列入"别人家的孩子"阵营中，也足足够格了。虽然目下总听他谈论单位发展、业绩排名等宏图大志，再不似当初共事时那般喜欢吟诗弄文、谈古讽今、偶尔柴米油盐小儿女一番，确也是"在其位，谋其政"了。只是从背影看到他日渐稀少的头发、略显发福的体态，尤其是愈益不苟言笑的表情,不似从前般可亲,感觉做"别人家的孩子"也是要付出代价的啊!

而蹉跎了太多岁月的吾辈,还未生出太多白发,在尽力工作之余,还能有点时间舞文弄墨,与家人一起享受小小的天伦之乐,似乎也还不算辜负了自己的人生。"别人家的孩子"总有人当,而羡慕者也必有人做。恰如英雄走过,总有站在路边鼓掌之人,真心热情地礼赞英雄,开心快乐地做好自己,也许这才是我等人生之真谛吧。

2019.11.10

"三点五"

"三点五"是我上大学期间校内一食堂名称,因其位于三食堂和四食堂之间而得名。

说它是食堂,其实并不准确,顶多算是个小餐厅,除了灶间,用餐处只够摆五六张小圆桌,且此食堂的经营大概率为私人承包,因为这里只供应米饭、小炒,其余类似盒饭、面食及其他小吃一概没有。不过作为学生,除了"好吃"这一条,对于其他是无所谓的。饭点时每每从此餐厅门口经过,总能闻到里面传来的阵阵饭菜香味,间或夹杂着猜拳行令的声音(学校大食堂是严禁从事与饮酒相关的活动的,此处却为不设防之地),社会感爆棚。

这食堂在校内颇有些名气,但凡同学聚会、亲友来访、生日宴请,多择于此操办,只因这里的饭菜与校外饭馆相比,好吃不贵,又比在大食堂请客有面子。然我却鲜有涉足入内,原因之一是囊中羞涩,偶有余钱,首先还是满足精神需求,买两本书权作充饥;原因之二则是每每想到餐厅内杯盘狼藉、喧哗吵闹之景,也不愿踏入其中,混社会的感觉委实不是我想要的。

印象中四年里唯一一次在此餐厅就餐,是毕业前夕与舍友一起。大家将不要的、带不走的、没用的书籍、物件等扔给了回收废品的小贩，换回了大学期间唯一的一笔宿舍费，未等舍长说完"这钱是平分还是吃一顿……"，大家已经拉起她直奔"三点五"。那是我们六个人第一次一起在餐厅里点菜吃饭。吃的什么早不记得了，能够记得的是每道菜我们都觉得美味无比，每道菜都被吃得精光，甚至我们还喝掉了三瓶啤酒。周围都是毕业聚餐的同学，满眼的猜拳行令，满耳的喧哗吵闹，我却心安理得地沉浸于其中，并未觉得自己与周围环境有任何格格不入。

如今，在外就餐已成生活常态，觥筹交错、推杯换盏早就习以为常。酒桌上的真真假假、虚虚实实总让我想起"三点五"食堂，这个我第一次"混社会"的餐厅。不过是门里门外一步之遥，却俨然是一闹一静两重天地，一纳一弃两种心境。这是成长的必由之路，还是旅途中偶作流连的风景？或许只有真正去听过、看过、感受过才能知道吧。

2019.11.11

"大活"

"大活",这两个字连在一起有意思吧?啥意思?"大学生活动中心"的简称。

二十年前的"大活"在我们学校可谓无人不知、无人不晓。如果身处校园,却不知"大活"在哪里,那你一定不是这所学校的人。虽然名为"大学生活动中心",但其实就是一所空空的大屋子,有个半人高的主席台,此外,屋内别无他物。南北两面山墙上对称有几扇大窗户,玻璃几乎没有一块是完整的;三面墙上共有五个出入口,一律未安装门扇。这样也好,方便学生平时抄近道由宿舍到食堂去吃饭(因其刚好处于由宿舍区到食堂去的路上)。

这里通常是没什么人的——自习、开会都太黑,且无桌无座位;谈恋爱太缺乏私密性,且无花无月;连闲聊也无人选取此处,不如站在外面太阳地里,这阴黑之处是没人进来的。但每逢重大活动,这里就热闹异常了。比如说校园歌手大赛啊,元旦文艺晚会啊,迎新文艺联欢会啊,等等,早在演出开始前半个小时甚至一个小时,这里已经挤满了观众。此时,没有座位的好处就显现出来了,大家随便找一个合适的位置站着,听上一首自己心仪的歌曲，或颔首或鼓掌，还可以随时与身边的同伴交流，不想听了随时可以离开，丝毫不会对周围的观众有任何影响。大家多数时候是一站到底，不仅仅是欣赏台上演员的表演，更是因一些演员过场时的小失误而哄堂大笑。因为舞台没有幕布，有时该在台下完成的准备工作，直到上台了还在做，时不时能听到导演在喊"扣子，扣子没系好"，演员上了台又返回去拿道具，下台的和上台的撞到一处……"笑果"连连，欢声一片。在这一片欢乐的海洋中，台下的观众往往要对台上的笑料评头品足，和同伴品，也和旁边不相识的人品，这样一来，"大活"无形中成了上佳的社交场所——邀约看演出的这伙人和那伙人中总有相识的，也总有不相识的，看节目、打招呼、品节目，于是不相识的相识了，以后就有可能成了学伴、玩伴、恋爱伴侣。即使是形单影只者吧，躲在"大活"一隅，也可默默欣赏台上台下养眼的美女帅哥，也颇有机会（比如说对方也是一个人）找个理由搭讪几句，如果对方接招，那这场演出看起来可就有滋味多了。最奢侈的是能彼此留下联系方式，从浪漫邂逅到成就千古佳话也未可知啊！终于明白那么一间甚至有点破败的空屋子缘何总能门庭若市，那真的是在物质生活还不够丰富的年代，带给了我们单调的生活太多欢乐的一个所在。那些发自内心的笑声和尖叫声，还有藏在心底的会心的快乐，相信身处其中的人是会永生难忘的。

可惜前些年校园改造，"大活"已经被拆掉了，更为可惜的是竟没有留下一张照片！我读研究生报到时就在那里，满屋子堆放着同学们大包小包的行李，校保卫处的工作人员在临时摆放的桌子后面为我办理户口登记手续；国庆五十周年阅兵式时，"大活"里摆了两台大电视，我和其他同学冒雨跑去观看，一屋子的学生全在欢呼；每年新生报到都在此处，总有拖着行李的同学、家长向我问路"大活在哪儿啊"……

写到此，有点想落泪的感觉。我们还在，"大活"，你在哪儿呢？给了我们那么多欢乐和回忆的活动中心，陪伴了几代人成长的地方，如今却无处寻觅，是有点令人难过的。新的活动中心已经建成，我却没怎么去过。时代的见证已成烙印，也许留在记忆中才是最美好的吧。

2019.11.15

"120"

我家所住楼房临街，且方圆两公里范围内有三所三甲医院，故时常能听到"120"急促的鸣叫声，若刚好彼时站在窗口，还能看到急救车渐行渐近又渐行渐远，总会有百般滋味涌上心头。一面祈祷着这车里的病人能够转危为安，尽早康复；一面又暗自庆幸自己还能偏安一隅为他人祝福，省去了亲人朋友的担心牵挂。

"120"是矛盾体，一方面每遇性命攸关、病困伤痛时，人们希望快点再快点看到它的出现，那感觉真的是神仙降临、天使在人间，仿佛它一来，再重的病症都能立刻解决，病人就有救了，家人也放心了。而另一方面，朗朗乾坤下，谁又愿意看到急救车呼啸而来，又呼啸而去呢？来，一定是有高危病人急需救治，病情不明，生死未卜；去，却又前途未知，性命堪忧，车门关闭、车轮滚动的瞬间，或许就是阴阳相隔的时刻⋯⋯

生命中这样的矛盾体太多——我们希望一生平安、顺顺当当，然而顺利背后隐藏的是缺乏抗压能力，一击即破，因此有时为有效应对挫败感甚至人为设置障碍，尤其是在对孩子的教育方面；我们希望事业有成，一路升迁，然而有些人升迁后往往忘记初心,干出背信弃义之事,故而时常要以史为鉴,做些批评和自我批评,给自己敲响警钟;我们希望家庭和睦,夫妻举案齐眉、琴瑟和鸣,然而同床异梦、形同路人的家庭屡见不鲜,所以不如开诚布公、直抒胸臆、畅快沟通,哪怕是大呼小叫、摔盆打碗地闹上一场,家庭关系自此也许就理顺了,总比冷战一辈子强。

来的总归要来,去的也终究要去,人生磨难正如伤病痛苦,不可避免,总要经历,也总会克服,关键就看我们自身"120"的力量是否足够强大。大到能够扛过苦难,那就是重生,是精神境界的飞跃;如若不能,也不过是多背负一层压力,进一步锻炼自己的抗压能力,为下一次的重生积攒更多能量,期待厚积薄发的一天,无关"生存还是毁灭",不过是自我救赎的一次次实现罢了。

初稿写于 2019.11.22,修改于 2021.04.19

亲戚是用来麻烦的？

不记得在哪个论坛上看到名为"亲戚是用来麻烦的"的帖子，还貌似杜撰了一篇亲戚间因相互麻烦而亲情倍增的感人故事。文后点赞者甚多，我却实在不能苟同，理由如下：

管子有言："天下熙熙，皆为利来；天下攘攘，皆为利往。"故天下没有免费的筵席，互利共赢才是硬道理。除父母、子女这样至亲的直系亲属，其余"亲戚"的诸多人等，大概少有因被麻烦而毫无怨言的，更不用说其中多数人还怀有"记账式"回报之心，总想找个机会把被麻烦之人所欠"账目"找补回来。况且父母、子女间因麻烦索求回报的也不在少数——老人给子女带孩子，总还是希望将来病卧榻上无法动弹之时，身边有个端茶倒水之人；子女常回家看望老人，也难免记挂着趁老人在世之时房本上能加上自己的名字……

我从明事理以来，似乎一向谨遵一条：自己能做的事决不麻烦别人。故上学、工作、辞职、再上学、结婚、生娃、养娃、重新工作、住院手术，等等，能不麻烦别人的决不对别人张口。父母年事已高，自顾不暇，他们即使愿意被麻烦也是有心无力。亲戚不能麻烦也不敢麻烦，欠下的人情债终究是要还的，又委实害怕偿还不清——真的是欠债还钱，倒也简单，今天还不上还有明天，我还不上还有孩子，最怕的是欠下因麻烦被硬生生拉近的人情债。比如你生娃，亲戚来帮你带娃，不几天就带出一堆七大姑八大姨，说着客气话，让你帮他或她看病、上学、找工作、介绍对象，等等，这也不难，能办的帮着问问、办办，不能办的直接拒绝，也都没啥。最麻烦的是在帮你带娃的悠长岁月中，她把你当成了她的接收机，她的张家长、李家短，琐碎小事，鸡毛蒜皮，你得照单全收，而且得热情回应，否则定会落下不懂礼数的骂名，瞬间在亲戚圈传播开来。然而道不同不与谋，一天两天尚可忍耐，十天半月听这家长里短，着实让人受不了。那感觉真的是如坐针毡、如临深渊，只想快速逃离这聒噪的苦海。

故"君子之交淡如水"还是有一定道理的，人情不可少，但人情不可过浓，保持双方都能接受的距离，泰然处之才能坦然从容。亲戚是用来了解源和流、知道自己的根在哪里又延伸到了哪里、将家族亲情延续下去的纽带。碰到了，尊声长辈，抱抱小辈，互道寒暄，留下影像；聚时其乐融融，别时依依不舍，不烦不弃，来日再叙，可谓亲戚之道。

2019.12.14

成蹊集

儿子的长安花

2010年西安举办世界园艺博览会，确定的吉祥物是"长安花"——以西安市的市花石榴花为蓝本，设计出各种卡通形象，材质也各不相同，但大体的样貌是一个红红脸蛋、大大眼睛、满面笑容的小姑娘形象。领着儿子去世园会游玩当天，我们给他买了一个巴掌大小的毛绒材质的长安花，这是他一眼看上的。当时纪念品商店里还有更大更靓的长安花，他都不要，买了就一直拿在手里，欣赏、把玩个不停。那年他七岁。

本以为这小玩偶他玩几天就扔一边了，没想到晚上睡觉时他把长安花塞进被窝，陪他睡觉，而且这一陪就是十年。长安花每天就放在他枕头边，一进被窝，他就把长安花也塞进去，有时夜里我看他睡着了，担心长安花会硌着他，就拿了出来，可早上叠被子时，长安花又在被子里，他是夜里醒了又放进去了。十年来，长安花一直陪着儿子睡觉，几乎从没放过假，出外旅游、回老家时儿子都把长安花带在身边。只是在他九岁那年出门旅游，长安花被遗忘在了返程的火车卧铺上，好在当时还有卖的，立刻就又买了一个。但从此出门他不再带长安花了，生怕再丢掉。

如今，儿子已长得人高马大，但让长安花陪睡的习惯始终未改。我曾笑话他一个大小伙子怎么做出如此"娘"的事情，他不以为意、充耳不闻。仔细想想，我大概率明白了儿子如此举动的缘起。他小时候在老家待了好几年，直到四岁才回到我们身边。其间，我们虽然也常回去看他，但毕竟不似大多数父母，日日陪伴在他左右。他内心应该是缺爱的，老人的照顾永远无法替代父母的关爱。回想起来，那时我每次回老家看他，一见到我，他总是紧紧拉着我的手，一直从车站走回家，一刻也不愿松开；和我相处时，也总是睁大眼睛仔细看着我，还不断用手抚摸我的脸、鼻子、眼睛；只要我在，他便不愿到其他人的身边去。小时候大部分时间陪着他睡觉的是姥姥，回到我身边时，已经和我们分开睡觉了，缺少的陪伴就只好由长安花来弥补了。我想，他自己可能并未意识到这一点，但事实是他极力想找回本该享受却缺失的父母的关爱。

是我们的错，不该在儿子才一岁多的时候，就让他远离我们。现在想来，他留在老家的三年里，一定是想念我们、需要我们，并且依赖我们的。这就像我们需要阳光、空气和水一样，不能在喘不过气、渴极了的时候才被施舍一点，如果那样，他的成长过程一定不会是完全健康的。所以儿子是有些内向的，有些时候也不大会与我们沟通。好在我们会经常主动与他交流——在饱览无限风光的旅途中，在共同拼搭乐高积木的过程中，在共同探讨学习、生活得失的总结中，与他谈人生、谈理想、谈亲情，他还是明事理的，尽管有时会有点急躁，但立刻会意识到自己的错误，马上纠正。

爱，可以迟到，但一定不能不到。

2019.12.19

如鲠在喉（一）

这是五年前的事了，至今想起来仍感觉如鲠在喉。

在外面办完事，坐公交车回家，上车刷卡时没太注意显示器上的数字，只匆匆瞟了一眼。落座后却感觉不太对劲，理应只刷一元钱的，却恍惚觉得小数点后移了一位，刷掉了十元。因为我大概是记得公交卡上本来的钱数的。很想起身再刷一次卡，验证一下究竟小数点是在"1"和"0"之间还是在"0"和"0"之间，又不敢冒这个险，万一又刷掉十元，和司机也说不清，那我损失就太大了。又想和司机师傅说一声这刷卡器可能有问题，可是我又怎么能确定上车前卡上究竟有多少钱呢？就这么一路踟蹰着到了目的地，下了车快走到家了才想起忘了记车牌号了，真有问题也好按号索车啊。

本来就算是真刷了十元钱其实也没什么，不过如果真的是公交车上的刷卡器出问题了，我觉得还是有义务指出来的。于是，回到家就直接拨打了公交客服电话，接线员答应把我的意见转给公交公司核实之后给我答复。过了两天，真的有人给我打来了电话，说他是那路公交车所在车队的工作人员，听声音应该跟我年龄差不多。他只简单询问了我那天的情况，之后问我有什么诉求，是不是想把多刷的钱退回。我说不用，就是想让他们看看是不是刷卡器出问题了。此时，他开始道歉，说因为他们工作没做到位给我带来了不便，对不起；要好好查实此事，对不起；因工作不严谨害得我到处打电话，对不起……没容我再多说一个字，哪怕只是解释一下我只打了一个客服电话，他就挂断了电话。

他是在说"对不起"，可是话外音分明是"谁让你打电话了""就你会给我们找麻烦""我说这么多对不起你总该满意了吧"，语气明显是不耐烦的。后来我意识到，我给客服打电话可能算投诉，有可能是会损害车队的经济利益的。所以，他才会以这种"反话正说"的方式对待我，让我有如鲠在喉的感觉。

可是，都 21 世纪了，难道还要上演"皇帝的新装"，让真相永远隐匿于黑暗之中吗？发现真相并不难，难的是顶住世俗的压力使之大白于天下，哪怕如鲠在喉，也要去做。

忽然就想起了当年的廉颇老将军，那可是横扫千军、威风八面的人物，都能够放低身段、负荆请罪，咱们普通人真诚地说声"对不起"咋就这么难呢？更何况这一声"对不起"还是代表着一个企业的形象啊！

2021.01.23

成蹊集

如鲠在喉（二）

这是二十多年前的旧事了，至今想起来仍感觉如鲠在喉。

那时大学刚毕业，我在一所中学当语文老师。

有个班级的班主任外出赛教去了，学校让我临时代理班主任一个星期，每天下午自习时要去班里转转，督促一下学生的学习。一日下午自习课，我到教室巡视时，发现全班都在热议着什么，一问，原来是为一个英语俚语的用法争执不下，我让课代表去问英语老师，他说去过了，英语老师没在办公室。我说让我看看，一看我还会，就给大家解答了。同学们都很高兴，因为今天作业能按时交上了。我也挺高兴，因为孩子们觉得我能行，挺服气我的。

第二天早上一上班，刚进办公室的门，就见英语老师坐在我座位上，一见我就大声对我说："哎哟哟，我这英语老师该下岗了啊，语文老师都能教英语了啊！"

我愣了一下，才明白过来，敢情这是兴师问罪来了啊！急忙为自己辩解："您别误会，学生去找您咨询，您没在，他们说作业急着交，我就顺便给学生说了一下……"

人家不容我说完就抢白道："这英语老师我是真干不成了，

一会儿我就找校长说去，你一个人语文、英语全包了啊！"

说完，身子一拧直接出了办公室的门。

我被闹了个大红脸，直接钉在办公室的地上动不了了，如鲠在喉。

那个单词我要是不会该多好，就没今天这一出了不是？可是我不会，孩子们又怎么交作业呢？让他们早一点学会一个单词又有什么错呢？怎么就扯到要抢了岗位上去呢？

当然，我明白她是在警告我不要越俎代庖，手别伸得太长，否则就要有被剁手的危险；她的岗位不会因为这一件小事被任何人取代，这事别说校长不知道，就是知道了也不会对她有半点微词。她也许只是在教我所谓的"规矩"，毕竟她还兼着学校办公室主任的职务。

只是，这样德行的人也能为人师表，而且还要为师之表，管理着我们？这才是真的让我如鲠在喉之所在。

还好，学生们升初三时她没再跟上来，又去教初一了。原因是水平太差——把一个重点班的英语成绩愣是从初一时的年级第一教到了初二结束时的年级第三（全年级一共四个班，两个重点班、两个平行班），位列平行班之后。那只好请她走人了。

我的这个"鲠"当时暂且放下了，因为要忙于孩子们的中考。只是现在偶尔遇到此类事件、此类人时，才又会"在喉"。

2020.01.24

圣马可广场.

儿子的羞涩

儿子一岁到四岁养在姥姥家,我们除了在寒暑假回去陪他,每个月也会抽出几天时间回去看他。不知道是不是因为这个原因,他一直很羞涩,有时让人忍俊不禁,有时让人哭笑不得,有时又让人有点难过。

四岁时他刚从姥姥家回到我们身边的时候,对家里的一切都充满了新鲜感,时常睁着一双好奇的眼睛到处打量,我对他说这是什么那是什么,他总要回答"我们家里也有,和这里的一样"或者"这个我们家没有",我说"这里就是你的家啊",他抬起头疑惑地看向我,表示不能理解——他印象中姥姥家才是他的家,后来过了很长时间,他才接受这里就是他的家。

他在电视机前转来转去,我对他说"我把电视打开你看吧",他摇头似拨浪鼓,然后迅速跑开,又去关注别的东西。不一会儿他又转到电视机跟前绕来绕去,我又说把电视打开,他仍是摇头迅速跑开。他再转到电视机跟前时,我不再理他,他终于忍不住问"这是啥啊?这是干啥用的?",我也当刚才啥事没发生过似的回答"这是电视机,可以看电视",然后随手打开电视,并告诉他调换频道的方法,让他坐在沙发上观看。他坐下了,看了半个小时没动一下！以后每次看电视都要向我请示——尽管我一再强调做完功课可以自行安排娱乐活动，但直到现在他已经上高中了都没改变。

儿子小学一年级时，我第一次去给他开家长会。教室后墙上黑板报贴着班级小红花的表格，儿子的小红花只有寥寥几朵，在同学中属于倒数。我纳闷，儿子成绩在班里名列前茅，也从不惹事，各方面都很正常，问老师，老师也不解，她印象中儿子的小红花应该不止这几朵。回家问儿子得没得红花，答曰得了，问得了多少，答曰不少，问黑板报上怎么没多少，答曰没贴，问放哪儿了，儿子打开文具盒拿掉上层盖板，下层满满的全是小红花！我又急又气，质问他为何不贴在黑板报上，他答曰不舍得，要收藏，我说这没有收藏价值，价值体现于贴出来证明自己的优秀，否则会被视作不努力。他想了想说没时间贴，我说那几朵咋有时间贴的，他说那是老师贴的，他本也想揭下来收藏，又不敢。我让他以后将发下的小红花都贴在黑板报上，但直到小学毕业，每次去开家长会，黑板报上无论是小红花还是五角星、小红旗，他的名字后面都只有寥寥数个。

曾经无数次努力想改变他的羞涩，因为当今社会是个拼热搜、拼点击量的时代。每每看到网上别人晒娃的百般优秀，总想也"显摆"一下自己儿子的好，他却坚决拒绝。我们尊重他的选择，但行动上却试图培养他学会在人前大方。我们鼓励他参加报社举办的小报童义卖报纸支援希望小学的活动，别的孩子一下午卖出几十份报，他却只卖出几份，还是跟着敢开口的孩子蹭的；过年和家里人在一起聚会，让他说句吉利话，他就是不开口；在外面让他跟长辈打个招呼，他更是张不开嘴。当幼时的羞涩转化成少年的不懂礼数，这问题可就有点严重了，担忧之余我们更是有些焦虑了。

然而，不经意间，却发现儿子羞涩的背后其实是内秀——这是他四到六年级的班主任老师对他的评价，我们一直也没当回事，但后来的细节却证明了这一点。中学时他成绩仍然优秀，家长会上他介绍经验，发言的流畅令我吃惊；假期结束离开老人，他伤心难过，小时候是趴在姥姥怀里哭，大一些是哽咽不语，独自默默流泪；路遇我们的同事，他甚至还能跟人家聊上几句。原来，羞涩的表象下藏着的是他的一颗纯真的心。

有时在想，儿子的羞涩是不是因为属于他的空间太小？应该有更广阔的天地让他驰骋、更高远的天空让他翱翔。那时他才能释放自我、尽情展现自我，因为只有拥有了"遥知不是雪"的情怀与气度，才会有"凌寒独自开"的自在与洒脱。

2020.02.20

成蹊集

推己及人和换位思考（一）

推己及人和换位思考是一对矛盾。

推己及人即以己度人，意思就是以自己去想别人。自己是这样的，想象别人也这样；自己是这样想问题、解决问题的，别人也理所应当这样想问题、解决问题；自己的三观是这样的，别人的三观也自然应该是这样……凡此种种，不一而足。这是一种很正常也很自然的思维方式，生活中比比皆是，屡见不鲜。别人家婆婆都给儿媳妇带娃，我家婆婆为啥不给我带娃？别人家的孩子能考上名校，我家娃咋就考不上？别人的老公可以事业有成、平步青云，我家夫君都快五十了为何还是平头百姓一个？……每一个推己及人的问题都是一个旋涡，或曰怪圈，一旦掉进此涡圈，就会越陷越深，永无自拔之日。不仅如此，这些问题中被质问的每一个对象的回答，都是出题人预设好、希望得到的答案，然而这些对象的回答往往是无解的，即使有解也无法令出题人满意。于是才有了"理论是灰色的，但生命之树常青"这一说法。

其实，此类问题的正解很简单，那就是换位思考。出题人只需把自己摆在答题人的位置上，答案就一目了然了。你为儿子操心了大半辈子，还让你再为儿子的儿子操心，你心甘情愿吗？你不也没踏进过名校的大门吗，凭什么非得让自家娃一定上名校？若老公真能在事业上一路高歌猛进，那他的三过家门而不入你又能否坦然接受呢？把自己摆在答题人的位置上，用他的脑子去想你的问题，答案不言自明。

  可现实生活中，往往是推己及人的多，换位思考的少，所以才有了这样那样的矛盾，才有了纷繁复杂的世界，才有了各种各样的故事，才有了无解却永恒的话题。推己及人彰显的是个性，换位思考追求的是和谐。个性的彰显终究是要在和谐的大环境中才能得以实现，因而换位思考无论对于家庭还是社会的人际交往都显得尤为重要。公说公有理，婆说婆有理，"不识庐山真面目，只缘身在此山中"，破解之法当然是"不畏浮云遮望眼，自缘身在最高层"。站得高了，跳出来了，不再在预先设定的旋涡中打转了，自然也就心底无私天地宽了。

2020.02.27

  在我的记忆中，从小到大，母亲对我从未有过亲昵的举动，比如像别人的妈妈那样拉着自己女儿的手说着悄悄话，或者在我需要安慰的时候给我一个拥抱，更不用说一个亲吻了。当然，她是爱我的，生活中的点滴关爱她悉数给了我。但是几乎所有亲昵的举动她一概没有。站在女儿的角度，我一直难以理解她，尤其是自己做了母亲之后，我发现儿子非常需要握手、拥抱这样的举动，尤其是在他情绪大起大落之时。我推己及人，更加不理解母亲为何总是对我亲昵不起来。人到中年，我才换位思考，了解到原来母亲幼时是跟着她严厉的奶奶长大，缺少父母的关爱，所以不会对别人做出亲昵的举动。我终于理解了母亲。

高中三年，我的语文、英语成绩一直名列前茅，而物理、化学两门功课从未超过60分，父亲却坚持让我学理科，任凭班主任怎样劝他，他都毫不动摇地坚持（实际是强迫）让我学习理科。结果是：我高考失利，复读一年，改读文科，第二年顺利升入大学。我一直不理解，我偏科已经如此严重，学文还是学理是秃子头上的虱子——明摆着，父亲为何还那么执拗？其实站在他的角度很好理解，因为只有学了理科，才能回到他所在的军工单位上班，学文科就不好进去了。

不惑之年，脑子里常会闪现出以前的许多事情，原来想不明白，这会儿真的就不惑了，了然于心，于是有感而发，写成上文。

推己及人和换位思考（二）

养孩子

我有一高中同学是丁克，前不久我们通过班级群联系上了，他对我日复一日、年复一年接送孩子嗤之以鼻："没想到我们班曾经的女神级人物现在也沦落到家庭妇女的份儿上，你每天接啊、送啊，你是怕他丢了，还是习惯成自然了啊？"

我就是怕他丢了，也是习惯成自然了，更多的是因为我是生他养他的妈。

再不操心的家长，也不会不牵挂自己的孩子，那是一份责任，从孩子一出生甚至没出生的时候，这份责任就已经存在了。既然生了孩子，那么养孩子就是必然的，从孩子嗷嗷待哺到长大成人，其中的辛苦付出、欢喜忧愁，没生养过孩子的人是无法体会的。小时候紧紧拉着的手，长大后虽然独立但内心时刻渴望被父母关爱、关注的心，孩子在其成长的每一个转折点上，都期待也必须有父母的出席。

所以我怕他丢了，丢失在学习压力巨大的书山题海中，忘记即使高三了外面世界的精彩仍需关注；我怕他丢了，丢失在同学攀比、浮躁、得过且过的氛围中,忘记了从儿时就立下的初心与志向;我怕他丢了,丢失在只盯着名次的焦虑中,忘记了在学习之外还有父母、亲友需要感恩……

所以,牵挂、操心也就成了自然的习惯。早六点半从家出发,晚十一点回到家,他能和我交流的时间只有在从家到学校这六七公里的接送途中,一天中学校的趣事、烦心事,开心的、不开心的,他都会一股脑说给我听,我或劝解或开导或跟他一起吐槽,把一整天的戾气丢在路上,准备第二天有一个新的开始。

我的同学他没孩子,自然理解不了这些,还生活在二人世界中(假如真的如初恋般甜蜜,倒也幸福,否则孩子反倒真成了第三者插足呢),把我们这些孩儿奴全归于废物类。我们真是废物吗?显然不是。我有工作,平衡工作和家庭之间的关系是我生活中重要的一部分内容,只是养孩子习惯成自然之后,工作和生活之间的关系也就自然理顺了。单位的工作是工作,家庭的工作也是工作,都在为社会尽责任,只不过我是尽了两份责任,而我那同学他只尽了一份责任。

换位思考,这一切就都明白了。不要孩子的也并非不想尽社会责任,只不过他没孩子,很难站在我的角度考虑我对孩子的倾力付出;有了孩子的也并非为了孩子失去自我,因为我独立孩子也才能独立——这也是我的孩子一直不同意我辞职全力照顾他的原因。

至此,就懂了那句"不养儿不知父母恩"的意思了,真的是只有自己成了父母,才能明白父母的不易,同样的,当过儿女,也才能懂得孩子的难处。既如此,那就换位思考,寻找平衡点吧。人到中年,生活如麻,有点剪不断理还乱的意思,"而今识尽愁滋味",却还要抬头挺胸笑对人生,不容易,不过这又是另一个话题了。

2020.11.11

老换小

每周固定一次给老家的父母打电话,经常是没什么具体事情,只是问平安、报平安,可这一问一报常常是一个小时都停不下来。空巢老人,孤独寂寞,也是能够理解的,一个星期能和儿女、孙子说上几句话,对他们来说是莫大的安慰。只是"言多必失"的真理在家人的通话中也是颠扑不破的,话一多说,矛盾就出来了。

上周给家里打电话,原是有件小事需要通报一下,说完之后就打算挂电话的,没想到老妈忽然说老爸上周住院,让老爸自己跟我说说情况。我听到电话那头老爸似乎不愿多说此事,他认为没必要让我知道。但老妈坚持让他说,老爸跟我简单说了他的病情、住院情况,并说前几天已出院,现在身体已无大碍,在家吃药、观察,等等。

未等老爸说完,那边老妈抢过电话,说老爸根本没说清,又把老爸住院的情况详细跟我说了一遍,无非是把老爸说过的内容又复述一遍,又说她白天一直陪在医院,晚上才回家;又说做了多少项检查,用了抢救危重病人的药;又说老爸如何不愿去看病,日积月累才导致住院……我好不容易捡个空插了一句:"妈,你也就别老说我爸了,该住院时他会住院,该看病时他也会看病;你有时太强势,啥事都是你说得对,我们都得听你的,你就从没听过我们的意见。"没想到,此话一出口,电话那头的老妈立刻飙起来:"我有啥事要你来说我?你爸住院一星期,不都是我一个人跑前跑后,也没给你们打过电话。我麻烦你们了吗?"我说:"妈,你这么说我就无话可说了,每次给你们打电话,我都让你们注意身体,说一旦有啥事只管给我打电话告知我,我立马赶回家去。你现在有事不告诉我,还是我的错了?我又错在哪里了?"电话那头沉默了几秒钟,啪地挂断了。

这是我第一次感觉到老妈真的是老了,因为她已经开始不讲道理了。这就是传说中的"老换小"吧。可要是真的老换小,倒也好办了,哄她开心也就成了。问题是我这个老妈从我记事起就是个强势的人,在我们家里那是绝对权威,她说得对的别人要听,她说得不对的却永远不会承认错误。当然,大事上她是讲道理的,只是性格内向又急躁,还常常让人猜她的心思,猜对了她也不过分高兴,猜不对她就会生闷气,搞得全家都笼罩在"白色恐怖"之下。偏偏老爸是个好脾气的人,事事处处包容她,无论她怎样训斥老爸,老爸都不跟她吵,顶多发几句牢骚。但我是个直肠子的人,小时候不大敢发言,如今有时看到她发飙就想跳出来讲几句真话。

　　只是讲真话,要跟讲道理的人对话,像老妈这种不讲道理的举动,又怎么讲理呢?那就让她不讲理吧,其实也许她只是想把心中的劳累、委屈发泄一下,何不成全她呢?老妈没退休前工作上一直要强,年年都是单位的先进,事事都要争第一。退休后,在家里的权威地位依旧无人能够撼动,加上年纪大了,开始变得不讲理了。可是我们还不能拆穿她的不讲理,那就由她去吧。

　　换位思考一下,等我到了七八十岁的年纪,也许会比她更不讲道理呢。老公一直对我的任性急脾气颇有微词,但他说他会一直忍着我到老,我问他为啥,他说:"因为我比你年龄大啊,我把你当小孩儿,让着你。"其实我们是同学,他只比我大五个月。

初稿写于2020.11.12,修改于2021.05.16

推己及人和换位思考（三）

教研室开会，主任对大家说，以后学生上交的各种实习报告、各类论文封面上，指导教师只打分，不写评语。然后又笑着对我说，大家都不写评语，只有你写评语，显得其他老师对学生多不负责呢！

我是看完了学生的报告、论文，习惯把当时的想法写下来的人，写在哪儿呢？通常是报告或者论文上。这样一方面如果学生对成绩有质疑，可以看评语以求证；另一方面，无论哪方检查，也能证明给分是有依据的。最重要的是评语其实就是我看过报告之后的总体评价，我以为写在报告上或论文中是天经地义、理所当然的，而且我觉得不仅是我，各位同仁都应该写，以表明对于此份报告或论文，我们作为指导老师是认真看过了的，所以才会有阅后意见和建议以及分数的评定。

但显然我是犯了推己及人的毛病。细想来，我这个毛病可能源自三年中学的教学经历。那时当语文老师，每周都要批改学生作文，每篇作文后老师都必须写评语——学生要看，家长要看，学校领导检查工作也要看，于是就养成了凡批阅学生文章必写评语的习惯。现在看来，这个习惯给同事带来了这么大的麻烦，不仅没起到好的带动作用，反而显得另类、不合群了。

其实只要换位思考，一切就都明白了。假如我也是没写评语中的一员，其他人写了，那我除了汗颜的份，剩下的就只能是对写评语的人有意见了——咋这么标新立异，非要衬得俺啥都没干吗？就你认真指导学生了吗？是啊，写了评语也不一定就认真指导学生了，没准只是想在领导面前作秀，显示自己认真罢了；没写评语也不一定就没认真指导学生，那叫踏实工作，默默奉献，不争名利。细思，写评语的倒有显山露水、争名夺利之嫌。啊，如此一想，不禁有些后怕呢。主任的话纯属善意的提醒，他是换了教研室所有人的位思考过后做出的决定，而我却只从自己角度出发推己及人，太以自我为中心了。于是，我虚心接受意见，一切按规定来。

只是我总觉得哪里不对劲，有点不甘心。好像写个评语也没什么错吧？非得和大家一样才是好吗？不禁想起早年间看的那部根据铁凝小说《没有纽扣的红衬衫》改编的电影《红衣少女》，片中的女主角安然因为总是穿着那件样式特别的、没有纽扣的红衬衫而遭到班主任的批评，理由就是她和别人不一样；就连送给她这件衣服的姐姐也支持班主任的做法。可是……红衬衫惹谁了？穿着红衬衫的安然又惹谁了？她穿着那件红衬衫那么美，同学都喜欢、都羡慕，怎么就有人看着不顺眼呢？细思，其实是安然不懂得换位思考，没有站在班主任的角度考虑问题：你一个人与众不同，有可能就会引发更多同学的与众不同，那班级管理还怎么进行？大家的步调还怎么保持一致？

  这是一个张扬个性的时代，只是推己及人必须在一定的规则下进行，必须符合制定规则的人的需要，且同时要学会换位思考。如此，于自己安心，于别人放心，甚好。

2020.12.12

推己及人和换位思考（四）

给学生留了实践作业，规定了提交时间，两天后却有学生反映说临近期末，考试太多，还有诸多课程作业需要完成，无法按时提交实践作业，希望将提交作业时间延后。我问延到何时，答曰放寒假以后，那时所有考试已结束，再无牵挂。

各位同学，你们那时（放假以后）交作业倒是无忧无虑了，可我批阅过你们的作业（其实就是一篇万把字的小论文），又到哪里给你们指导呢？还有答辩怎么进行？

毕竟已经放假，我无权把学生留在学校，更何况是接近过年，学生们一个个归心似箭，多留在学校一分钟貌似都在忍受煎熬。当然，网上指导也未尝不可，可学校规定的导师每月需与学业指导学生见面一次的任务又该如何完成呢？即便不为完成任务，于我，也是想常与学生见见面，一则在为数不多的实践教学中面对面指导，使他们能够通过我的教导有所提高，二则也了解他们的各种动态，不然总觉得有点枉担了指导老师的名号呢。

教研室原本安排的本次实践教学成绩提交的时间就是在假期过后、下学期开学的第一周，而我却故意将我指导小组的作业提交时间安排在了放假前两周，此举的初衷是我打算利用一周时间批阅，最后一周抽时间给他们当面指导并进行答辩。想着学生有二十天的时间做这么一篇小论文，虽然临近考试，可抓紧一点、少玩两晚上游戏、少逛两次街，也就完成了。可目前看起来我组里的学生是无法按我规定的时间完成的，至少他们是不愿意按我的要求去完成的，且提出的理由也很充分。

那好吧，索性就遂了他们的心愿，我把作业提交的时间延到了寒假收假前的一周，这样我利用这一周批阅，开学答辩，给成绩，刚好。给学生一通知，孩子们欢呼雀跃，无比高兴。我也挺开心——学生开心了，那我作为老师又凭什么不开心呢？以生为本嘛，难道非要把学生整得紧紧张张，我自己也加班加点，大家都"压力山大"，才是负责任的好老师吗？如此皆大欢喜，岂不美哉！

细想，是我又犯了推己及人而非换位思考的毛病。我是个做事喜欢超前完成的人，且已养成习惯。从小到大，凡规定完成的无论是学习任务、工作任务、家庭任务，通常都会提前着手，这样不至于在最后期限到来时搞得自己措手不及。所以我在不知不觉中就把这一习惯用在了指导学生上，希望他们也和我一样做事时尽量不拖延，在前期时间允许的情况下提早完成任务，省下的时间可以做其他事情。如果一直拖到最后期限，假如彼时又有临时任务，时间上就会非常紧张，往往会狼狈不堪。

显然我忽略了换位思考，没有站在学生的角度考虑问题：其他组提交作业的时间都在假期结束后，为啥偏偏我这组搞特殊要提前？明明可以放在假期中去完成的作业，为啥非要紧赶慢赶地现在就完成？还有考试总是要复习的吧，年底的活动总是要参加的吧……所以学生给我提意见是没错的，我站在他们的角度就能想明白了。

还好，我及时更改了决定，让学生松了一口气，我也暂时放松了一下。只是默默想想，凡事做在前面，似乎是小时候一直被强调的好习惯啊!我问过从小学到中学成绩好的那些同学，儿子也问过他的这类同学，无一不是在假期中就把下学期甚至是下下学期又甚至是下一学年的课程都提前学过了，这样老师在课堂上讲授知识时，他们等于是在复习、巩固，再做起题来或者参加考试就是轻车熟路，成绩自然非常优秀。同事的孩子去年参加国际数学奥赛，荣获金奖，人家可是在小学时就已经自学完了高中数学的全部课程，初中时自学完了大学的高等数学，高一时获全国奥赛金奖，高二时就在国际赛场上夺金了。由此看来，成名要趁早，成功要超前，应该是没错的吧。业精于勤荒于嬉也肯定是对的，只是用在实际生活中，怎么就有点行不通了呢？

毕竟，这是一个凡人的世界，与99%的人一起坐在路边为英雄鼓掌，又有何不可呢？

2020.12.14

成蹊集

曲言讳（晦）义

有个词叫直言不讳，那相对的就应该叫"曲言讳（晦）义"了。之所以写两个不同的"讳（晦）"字，是因为感觉曲言，或者是说话者想掩饰什么，所以"讳"；又或者说出的话确实晦涩难懂，让听者"丈二和尚摸不着头脑"，所以"晦"。总之，不管是哪个字，都是说话者事先布好的局，听话者除了揣摩、顿悟，别无他法。但是即便懂了又如何，无非是平添烦恼、被忽悠的感觉。

学院另一教研室主任前日忽然致电，问我目前所上的一门课能否因为他们新开的专业方向而改名。我说有点困难，这门课已经上了十年，教改项目做过，自编的教材都快出版了，现在改名恐怕不合适。他又问我是否了解还有其他老师能上他说的改了名的课，我说不清楚。他说新开专业应侧重于改名后的课程方向，我的课虽与之有联系，但贴合度不够。我说让他再打听一下其他学院的老师，如果能找到合适的老师上他说的课，我这门课就不给他的专业开了。他说好，遂挂断电话。

此时，一旁的儿子说话了："妈，你傻啊，你得让他说怎么办，怎么自己就说不上课了呢？"

顿悟！原来人家早已计划好新专业不再开此门课，又不便直接说不让我上了，于是拐了那么大一个弯子，让我自己说出不再给新专业上课。唉！直说嘛！开课或者停课再正常不过了，绕这么大一圈实在令人心中不爽。想他堂堂七尺男儿，一米八多的个子，黑红脸膛的西北大汉，怎也做如此针鼻儿般小心眼儿的事。其实，何必如此曲言讳（晦）义呢，我虽是纤纤江南弱女子一枚，却一贯豪爽，不喜欢拐弯抹角，更猜不透"讳"的是啥义，况且，这样讳义，意欲何为呢？

当然，有的时候"讳"或者"晦"是必要的。别人家的孩子高考失利，那就别主动问长问短，干吗非要在人家伤口上撒盐呢？大学毕业二十年聚会，明知同学仍是平头百姓一个，就别再问是否高升之类的话，何必让友谊的小船瞬间倾覆呢？亲人病重，明知时日无多，仍要尽力安慰，说些病好之后一起登山踏青之言，权当安慰，怎能直言相告病情呢？此时的"讳（晦）"是礼貌，是温情，是尊重，更是护人周全，体现的是人与人之间心灵的关照。这些曲言讳（晦）义对于听者也是完全愿意接受的，因为它是让人舒服的、让人放松的。

说到底，直言不讳或者曲言讳（晦）义，在于"情"和"理"两个字。直言也好，曲言也罢，只要合情合理，都是可以令人接受的；但若不合情理，就会让人感到莫名其妙，匪夷所思，如鲠在喉，难以释怀。

人生如白驹过隙，转瞬即逝，是应该洒脱透明些的。有了虚怀若谷的情,自会讲胸中坦荡的理,直言,讳(晦)言,就都是水到渠成的事了。

2020.04.06

盐水鸭

朋友去南京出差，带回一只盐水鸭送给我们。盐水鸭是南京特产，是江浙人的最爱。据说，年节时家家餐桌上总是少不了这么一只鸭子。可是我们全家都不喜欢吃。

儿子是最爱吃烤鸭的，却称闻不了盐水鸭的味道。鸭子的本味经过加工，咸、香、油腻，他捂着鼻子嚷着拿走拿走；老公看到加热后那一层厚厚的油脂也是下不去筷子；我闭着眼睛剥去那一层油乎乎的外皮，把里面的鸭肉分给他们，二人也是浅尝辄止，异口同声对我说"赏你了"，让我把整只鸭子包圆！

其实鸭子是好鸭子，味道也是好味道，加工质量也是没的说，不喜欢只是因为口味不习惯。儿子从小生于斯长于斯，眼里只有泡馍、油泼面、肉夹馍，这些吃食是他饮食的主旋律，其他食物于他都只是间奏——且前提是他喜欢的味道。老公呢，粗茶淡饭、五谷杂粮就能饱腹之人，饮食品位只能让人"呵呵"一声，所有美食于他都是一个味儿，都不如一顿饺子让他感觉酣畅淋漓。我呢，虽不拒肉食，但对油腻之物无法接受，这鸭子虽为名吃，我也只能望鸭兴叹了。

所以习惯很重要。饮食如此，其他方面也一样。再好的东西，不习惯也是垃圾；很一般的物品，习惯了就是无价之宝。因此才有了习惯成自然的说法。好习惯、坏习惯，时间长了都自然而然了。寒窑虽小能避风雨，有相爱的人，再苦的日子也是甜的，习惯了；别墅够大，纵然每日锦衣玉食，却常要忍受独守空房之苦，终究难以习惯。

于是就又回到那条颠扑不破的真理上：适合自己的才是最好的。凉皮、肉夹馍吃惯了，盐水鸭、东坡肉全都靠边站；运动鞋穿惯了，松糕鞋、恨天高也统统请进鞋盒子；帆布包背惯了，名牌真皮包连瞅都不会瞅一眼。但适合往往又是在经历了不适合之后才能够体会得到的，当盐水鸭腻到难以下咽、高跟鞋崴了脚、名牌包背起来不伦不类之后，静静地想一想，我们原来还是最爱当初的自己，习惯那个天然去雕饰的自己，属于那个原生态的自己，这就是所谓的返璞归真了吧。

2020.04.16

绿豆芽

上高中之前,我是不吃绿豆芽的。日常蔬菜,我不吃的仅两样——胡萝卜和绿豆芽。前者是因为一直感觉有种怪怪的味道,至今不吃;后者却经过高中三年的磨炼,现在成了我家餐桌上的常备菜肴,原因是那三年里绿豆芽是学校食堂每顿必有的菜品。

高中时,考上了所在城市最好的省级重点中学,管理极严格,要求学生一律住校,一日三餐自然是在学校食堂解决。食堂的标配是馍、汤、菜三样,馍是白面馍,汤是白面汤,菜早晚只有一样,就是清炒绿豆芽(或者称"盐水煮绿豆芽"更合适些),中午除了绿豆芽,还会有一个别的荤菜,偶尔一周一次会再加个小酥肉(这个太贵,我从来没买过)。绿豆芽俨然成了"生存之必需品",不吃的话,每天早晚就只有喝汤、吃馍。周日晚上从家返校时也会带些酱豆子、腌萝卜干、炒雪里蕻之类的咸菜,但往往不到周三就消灭殆尽,剩下的三天只好把绿豆芽强咽下肚。如此天天吃,甚至顿顿吃,吃着吃着,不仅不觉得难吃,竟然还感觉味道不错了呢。及至现在,我竟常在菜场买了回来做给家人吃,放点辣子、搁点醋,然后爆炒,实在是美味！几天不吃，还挺想念那酸酸辣辣的味道呢。

回头想想，如果没有高中时被逼无奈顿顿吃绿豆芽的磨炼，又哪来今日其成为我家餐桌上美味佳肴的结果，又怎么能够了解原来绿豆芽其实也是可以做出无比好吃的味道，好吃到可以改变自己十几年的饮食习惯。饮食习惯的改变，不外乎两点：一是外部环境，比如从北方迁居南方，从国内移民国外；一是身体原因，有些疾病需要对某些食物忌口。因疾病原因的改变目前距我估计尚有些年头，还停留在需要注意的阶段。而环境对于饮食习惯的改变，可参看目下的住校生：纵观学校食堂，南北口味、民族风味应有尽有；不满意，校门外小餐馆可以打牙祭，好吃不贵，但凡在某地上学或工作久了，几乎什么样的当地特色哪怕是特殊食物也都可以接受了。由此，我还要感谢高中时那段艰苦的岁月，让我学会了接受不能接受的事物，改变可能改变的一切，在生活中得到了最艰苦的磨炼。我人生经历中很多一开始不可想象的事情，之所以后来能够实现，是否就是从高中时吃绿豆芽开始的呢？有可能。

2020.04.17

戍暖集

诗在民间

都说关中这地方人杰地灵，我一个外地人，在这生活了二十多年，算是领教了。

前几日去买菜，抓起一把韭菜，自言自语了一句"有点老啊"，卖菜大哥接过韭菜，摊开在我眼前："哪老了，都年轻着呢！"我不禁扑哧笑出了声——原来菜也能论年龄啊！细想一下，也是，人还能说"这小脸嫩得能掐出水来呢"，菜怎么就不能用年轻来形容了呢？提着菜兜走在回家的路上，一路都愉悦在这句"年轻"的玩笑话中，诗在民间，不是无源之水啊。

求学时，周围多陕西同学，满眼都是泡馍、扯面、肉夹馍，满耳尽是浑厚嘹亮的关中方言。一日，与一本地同学出行，恰逢狂风大作、黄沙扑面，我只说了两个字"这风……"就被满嘴沙子堵了嘴，同学接上一句"土得很"，我在想，"土"也能作形容词用吗？当然可以，可是印象中通常是形容人没见过世面，尤指穿着打扮过时之类的，可从来没听说过还能用来形容风沙严重，倒是生动、形象得很，且简明扼要，一字概括全面，让人想起《红楼梦》里王熙凤的"一夜北风紧"中的"紧"字来，真是用得妙啊！

与此同类的比较有趣的一个例子是：此地人说孩子调皮通常的说法是"这娃匪得很"。"匪"，土匪？匪徒？孩子太泼皮就像匪徒一样？是出自这里的吧？无从知晓，可是一听便知这娃不是省油的灯。这么直接、简明地把名词变成形容词，没觉得有什么不自然，听上去不仅形象，而且还亲切得很，让人觉得娃可爱着呢，一点没有让人烦的感觉。

有时候想想，倒是我们这些整天闷在象牙塔里的人，不大容易造出如此富有烟火气的词汇来，动辄目的、意义、方法，大分段"一、二、三"，小分段"（一）（二）（三）"，三段论加归纳、演绎、推理，等等，成果装满整个硬盘，材料能从地板堆到天花板，可哪里比得上这简单的几个字来得真实、自然、接地气呢？且这简单的几个字里又蕴含了多少代人的语言智慧、生活经历、文化内涵，那可不是一个硬盘、几摞厚纸能写尽的，是需要我们这些后来人，还有后来人的后来人，世世代代研究、揣摩，并且传承下去的呢！

2020.05.03

生命桥

去年夏天骨折住院。从病房的窗口望出去，不远处是一座四面用玻璃围合起来的天桥，仔细观察，这天桥是从对面诊室楼的四楼直通出来，一直延伸到我所在的病房的四楼西半边——手术室所在地，而这座天桥就是家属等待区。

那座天桥的灯永远是亮着的，天桥上也永远站的有人。白天天桥上常常人满为患，夜晚人会少一些，但从没有空无一人的时候。每周四是手术室固定消毒的日子，但免不了有急诊，天桥上仍然能看到零星的人影，都是焦急等待的家属。

我的手术被安排在某一天的下午进行，躺在推车上被推过那座长长的天桥，目之所及，是一双双焦虑又期待的眼睛。天桥的两侧原本安放的有供家属等待时坐的长椅，但很少有人能够坐得住，大部分是靠在玻璃墙壁或栏杆扶手上，听候手术室的广播，关注着手术室随时有可能推出的担架车。

手术之后，也许是麻药的作用，我的腰酸疼了一夜，无法入眠，侧卧后还能舒服一点，目光正对着的恰是手术室外供家属等待的天桥。散落在走廊两侧的人影，天桥上永远不灭的灯光，带给人们希望，也预示着生命新旅程的开始。

只是一座普通的天桥，一头架在亲人这边，一头连在病人那边，从桥上推进去的是病痛、未知，等在桥上的是担心、期许，从桥上推出来的是放心、希望。这座桥承载了太多人的希望，寄托了太多人的牵挂，所以我叫它——生命桥。

2020.05.04

刘师

陕西这里把蓝领统称为"师",其实就是"师傅"的意思,不过是图省事,只说一字,略去后字。刘师是我上研时期的宿管,六十岁出头的样子,头发秃且花白,一张嘴满口关中话,生硬、质朴,透着一股油泼辣子味儿。20世纪90年代的高校,研究生还属"珍稀动物",人数不多,故男女生混住在一栋宿舍楼中,一楼二楼整层和三楼的半边为男生,三楼的另外半边为女生。刘师是两位宿管中的一位,有时白班,有时夜班。只要进出楼门,总能看到他的身影。

研究生宿舍正对着学校的操场,每天课余时间总有不少学生来操场锻炼,而操场的卫生间只在主席台下方有一小间,很难满足锻炼人群的需要,于是就总有人跑到宿舍楼里来上厕所。每当此时,刘师就会站在楼门口,向外驱赶前来如厕的人员,嘴里不停地喊着"往出走,往出走"。偶尔有毛头小伙儿乘其不备钻了进来,哪怕已经进了卫生间,刘师也会将其拉出去。刘师说上厕所事小,宿舍楼的安全事大,楼门虽小,责任重大,不能出纰漏。

每到节假日,总有校外的老乡、同学过来拜访楼里的学生,同性、异性的都有,到了晚上,有时回不去了,就想宿在楼里。那一晚,楼外一男一女两学生拉着手依依不舍,最后犹犹豫豫想跟着往楼里走,刘师适时地出现在门口,如尉迟敬德般拦住二人,一手指着女生"你,进去",另一手指着男生"你,端直往出走",女生刚分辩一句"他就是咱楼里的",刘师已经做揎人状"决不能在这住",语气强硬、坚决,不容商量。棒打鸳鸯的刘师啊!

如果值晚班,刘师常常是拿个小钢精锅在煤炉上煮鸡蛋。那时的宿舍还没有暖气,只有值班室生了个煤炉,一根烟囱通到楼外。常常有学生在冬天的晚上跑到值班室烤火、取暖,看到刘师煮鸡蛋,就嚷嚷着要吃,后来刘师就多煮一些鸡蛋,卖给学生,权当夜宵了。我在洗漱间见过刘师洗鸡蛋,一颗一颗地洗,洗得别提有多认真了,那细法劲儿和他平日里吼人的粗犷风格判若两人。

有段时间学校要召开一个大型国际学术会议,要来不少国内外知名的专家、学者,会期要持续好几天。早早地,学校就开始做各种准备工作——拉横幅、挂标语、修剪校园里的花草、打扫宿舍卫生。那一日我到值班室借拖把,忽见墙上贴一张A4纸,上面写着三行字:

好啊有　你好

山克有　谢谢

萨蕊　对不起

"刘师,这是谁写的?啥意思啊?"

"楼里研究生给写的。不是要开国际会议吗,学英语,老外来了也能对付两句,咱不能给学校丢人啊。"

可爱的刘师,真的是活到老学到老呢,而且有着那么强的集体荣誉感。这学习的方式也跟他蛮搭的呢!

未及毕业,学校对校园进行了重新规划,研究生宿舍楼要拆除重建,我们也搬走了,以后再没见过刘师。之前听他说过他是市里某企业的退休工人,估计已经回到家里安享晚年了吧,祝他健康长寿。

2020.05.06

石台

小时候住平房，家家门前都有一个石台。小方桌大小，水泥砌成。石台的旁边都有一棵大树，榆树偏多，遮挡夏日阳光正合适。但随之而来的一个问题是：树上的鸟儿随时会将它们的排泄物洒在石台上，所以每个石台顶上都会高悬一把雨伞，通常是那种黄色的油纸伞，架在一根铁丝上面，而这铁丝还要兼具晾衣的功能，以及晾晒萝卜干、雪里蕻、海带、辣椒干等。

夏季的石台是最忙碌的，家家的一日三餐几乎都在这里享用，尤其是晚饭时分，每家都会拉出一盏电灯，挂在门前的铁丝上，一家人围坐在石台周围，边吃饭边享受着一天中最轻松惬意的时刻。谁家做的什么菜、吃的什么饭，一排平房的人都能知道，不用看，光闻着味儿就能想得来。所以往往是哪家蒸包子了，都会给邻居送上几个；谁家腌咸菜了，也会给别家盛上一小碟。那时候没有电视，没有手机、电脑，有些人家有只小收音机，那整排平房的人就都可以边听着评书边吃晚饭了，直到听到"且听下回分解"，晚饭也就结束了。

接下来的一幕是：在昏黄的灯光下，各家的孩子开始在石台上写作业，大人则做家务。女主人缝缝补补，或制作腌菜、互相交流织毛衣的手艺,男主人呢,修自行车、辅导孩子功课、讨论些当天报上的新闻。作业做完了,毛衣袖子也织好了,自行车打好了气,暑气也散了不少,于是收伞、关灯、回屋睡觉。

除了作为饭桌、书桌,石台还有许多功用。比如把家里的小方桌与石台并排摆好,中间再放上两块砖头,一个简易的乒乓球台就搭成了。虽然只是缩微版的,可一排平房的孩子们轮番上阵,打得不亦乐乎,常常就此消磨暑假里整个下午的时光。下棋、打扑克,男孩子打三角、女孩子抓石子,石台都是再好不过的地方。

如今很多小区也有这样的石台,多是在类似小花园这样的公共空间里,但使用率实在太低,也很少成为人们交流的场所,所以石台上往往是厚厚的一层灰土。每当此时,我总会想起儿时石台带给我的诸多回忆。那些承载着童年欢乐、随性、轻松的镜头会一幕幕从眼前闪过,令人百感交集、五味杂陈。那时候日子是苦的,心里却是甜的。人与人的交往是轻松愉快、不存任何芥蒂的,正如那一方小小的石台,简单、干净、不存杂质。何时还能再和童年的小伙伴一起在石台上讨论数学难题、激战象棋、进行乒乓球比赛呢?大约只有在梦里了吧。

2020.05.13

成蹊集

最幸福的事

电视上一档综艺节目讨论最幸福的事是什么，男主持人调侃说在单位食堂吃饭时能一顿吃到三个荤菜是最幸福的事，男嘉宾说是焦渴难耐时可以一口气喝下一整杯凉白开最幸福，女嘉宾说是晚上回到家看到温暖的灯光时最幸福。

我感觉最幸福的事是被人需要，当自己被别人需要的时候最幸福。

默是我今年指导的一个毕业生。与他初次相识是在三年前，那时他大二，我给他们班上一门专业课，对他没任何印象，他只是点名册上的一个名字。再相识是在两年前，学院开展扶贫帮扶，每个老师和一个家庭困难学生结帮扶对子，他是学院派给我的帮扶对象。当时通过加微信联系上了他，我要求见上一面，他拒绝。我给他发微信，问他学习上、生活上是否有需要帮助之处，他要么不回答，要么只答几个字，仍是拒绝我的帮助，甚至对我发微信表现出轻微的反感。然后就是在大半年前，毕业生在网上选题（同时也是选指导老师），他是第一个选我当指导老师的学生，且第一志愿选的是我。我当时犹豫了好久，考虑要不要给他做指导老师，因为他的性格以及行为方式真的是令我一言难尽，但转念一想，我不选他，哪个老师又会选他呢？于是，慈悲心发作，给他指导毕业论文了。

毕业论文的开始阶段，我召集所有同学在一起开会布置任务，第一次正视他，原来是一个高高壮壮的小伙子，但腼腆、内向。我讲话，同学提问，会议开了一个小时，他一言不发。散会时，我叫住他，提醒他以后在微信群里发的通知一定要回复，他点头，"嗯"了一声。这之后每一次的通知、论文的往返修改，他倒是回复了，但并不积极。初稿、二稿的修改他做得都很差，我要求跟他电话沟通，他拒绝了。我有些生气，于是发了十几条微信语音，提醒他要好好修改论文，重视论文的写作质量，否则有可能不能毕业。他文字回复说自己水平差，做不好论文。我说：默，你水平不差，差的是投入和认真。他表示会好好修改。三稿再回来时，有了很大改进，尽管还是不太好，但看得出来已经尽力了。

答辩前他返校，我以为他会直接答辩，不会再见我，没想到他主动要求见我，让我给他指导该怎么答辩。他说："我讲话就是不行，尤其是在众人面前讲话时感觉很痛苦。"我说："你都没讲过，怎么知道自己不行？别人说你不行你就不行了？"我说了不少鼓励他的话，让他不要把自己划定在某个框框里，没谁天生就什么都会。我随口问他答辩时是不是需要我在场（按规定指导老师是不允许给自己指导的学生答辩的），他肯定地回答："需要！"我问他："我在场你才不紧张，是吗？"他连连点头，说是的。我当时差点从坐着的椅子上跳起来，当了这么多年老师了，我第一次有被需要的感觉，是那种强烈地被别人需要的感觉，而且这么直接地表达给我。我说："我的作用这么大吗？"默说："是的，老师。"

他答辩时，我在场（我在教室门外正对讲台的地方站着，他随时能看到我），他答得不错，看得出来是经过长时间准备的，尽管跟其他学生比起来还有差距，但是已经突破了自己。答辩结束后他发了好几条微信感谢我，一直在说"麻烦老师了""老师您费心了""谢谢老师了"之类的话，这在半年前是根本不可想象的。那时的他不回复微信，无论是群里的还是私信都不怎么回，即使回了也没有称呼，只是两个字"收到"。而现在如此有礼貌，而且还会使用敬语了，他的改变真的是太大了。我对他的感谢一方面表示这是我分内的工作，另一方面也是肯定他的改变和进步，鼓励他未来要充满自信地去做每一件事。

我只是一个普通的老师，未必能改变默的一生，但能在他人生旅途当中的一小段，在他需要帮助的时候，尽自己所能推他一把、拉他一下，让他的路走得更有希望，更充满自信，甚至有可能拉开精彩的序幕，我感觉这是迄今为止我做过也是经历过最幸福的事了。

2020.06.30

成暖集

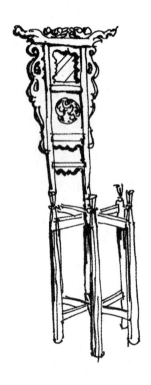

表白女神

现在的年轻人爱用"女神""男神"来指代心中的偶像,往往是梦中情人、触不可及的人物。看来从古至今,神级人物的称谓一直没变过,与"神们"或圆满或遗憾的故事(多数是遗憾),也在经年不断地上演着,有些是纪传史,有些是编年史,还有些是断代史……

话说二十年前流行一部电视连续剧《永不瞑目》,剧中三个男女主分别拥有着一众粉丝,我老公一师弟彼时独独爱上了其中的一个警察女主,她的白衬衣、蓝色牛仔裤,不苟言笑的脸,高挑的身材,冷峻的气质……总之,一切的一切关于这位女警的,师弟都喜欢得不得了,每晚电视剧播出时,他都到处找电视看,就是为了看这女警的一颦一笑、举手投足,俨然她已成了他的梦中女神。

偏偏此时,生活中的"女神"出现了。就在电视剧播出的那段时间,每天都有一个身材、样貌、气质甚至穿着打扮都与这女警极像的女孩从师弟窗外走过,师弟瞬间被她吸引,几乎每天都在女孩上下课、吃饭、上下晚自习时在窗口默默注视着她,越看越觉得她像那剧中的女警。后几经打听,得知她和我是研究生同班同学，于是找到我详细询问了女孩的情况，不论他是因为喜欢剧中的女警而爱上了女孩，还是喜欢女孩多于剧中的女警，我们都鼓励他向这女孩表白，大胆去追。可是他却选择了沉默，每日仍站在窗口默默地、热切地目送女孩出楼、进楼、走近、远去。直到半年后女孩出国深造，他始终都没有对女孩说出过他的喜欢。

后面就没什么好说的了，女孩后来怎样了无从知晓，师弟也毕业、工作、结婚、生子，过着普通人的生活。可是，我常常想，假如当初他向这女孩表白了呢？结局可能还是和现在一样，也许不一样，也许会开始一段或轰轰烈烈或平淡如水的恋爱，即使被拒绝，至少不会在他心中留下遗憾。几年前，师弟来西安看我们，提起此事，多少还是有些唏嘘，可谁又能以不惑之年的心态去体会青春年少时的那份执念呢？

坊间对少年时羞于表白女神原因的总结往往是自卑、没资本、没实力，我却宁愿相信，男生压抑感情，是因为他想把这一份年少时单纯、美好、真诚的感情干净地留在心里。在未来纷繁复杂的世界里，当打拼到"累无可累"的时候，总还能在心底搜寻到一块圣地，抚慰疲惫甚至受伤的心灵。从此意义上讲，女神还是永远住在云端比较好，纯情也是珍藏在心里更宝贵。经年之后，再忆起、再见到，恐怕也是"胸中蘖积千般事，到得相逢一语无"了。

2020.07.28

戍暧集

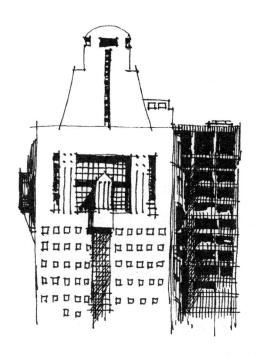

一日可爱唯夕阳

王国维说,"四时可爱唯春日";我说,一日可爱唯夕阳。

几乎无论哪个年龄段的人都会认可"一年之计在于春"。春,一年之起,如人生之初,芳华之年,充盈着一切可以想象到的对未来美好的憧憬。少年时踌躇满志,犹如初升之朝阳,全世界都不放在眼里,不需旁人评论,自会觉得理所应当;中年踯躅,阅历增加,遇事待人难免多了不少思量犹豫,瞻前顾后、畏首畏尾之时,总会怀念年轻气盛时的闯劲与冲力;待到老年,更会慨叹"近黄昏""泪始干"的无奈,含饴弄孙之时,又会对新生命生出无限羡慕之意、喜爱之情。

的确,春是可爱的,可爱在她蓬勃的生命力、鲜活的爆发力、满满的潜能力。所以才有了野蛮生长、张扬个性、显露锋芒的作为,有了十年磨一剑的历练,有了在而立之年成功的喜悦,也可能是不惑之年回首往事的慨叹。也或许这一叹,又到了知天命的时候,于是对人生生出了太多感慨,只能在往昔的经历中寻找遗珠的些微光芒,偶或发出"一事能狂便少年"的唏嘘。

既如此，为何不珍惜眼前之景呢？夕阳无限好，看晚霞，红似火，艳如锦，给大地披上一层金色的外衣，比日出东方的清晨又差到哪里去了呢？正是晚归的人们匆匆赶回家团聚的时刻，他们携带的是一天工作后收获的喜悦与满足，还有与家人小别后重聚的企盼：老公今天不加班了吧？老婆又做了啥可口的饭菜了？孩子在学校过得愉快吗？疲惫写在脸上，笑容装在心里，一整天的好心情与坏心情都在这夕阳的笼罩与陪伴下，即将交付家人分享，待蓄积能量后，准备第二天的再出发。此时的夕阳啊，伴随每一个归家的人完成一天的谢幕。

自童年起，我就一直对夕阳情有独钟，或许是为了等待在如火的夕阳中下班回家的父母带回一个油饼、一袋饼干、几只香蕉这样的吃食，满足我们在那个生活用品短缺的年代一点点奢侈的欲望。而每当夕阳西下时，也总是我们这群孩子做完功课玩乐的时间，那时没有电视、没有手机、没有电脑，跳皮筋、打三角、捉迷藏，是我们百玩不厌的游戏，那时伙伴们之间的亲密无间是现在沉迷于电子产品中的孩子永远无法体会的。

夕阳总是与暮色联系在一起，让人想起生命的尽头，然而我觉得此时却恰是生命最绚烂之时，因之有满满的充盈感、收获的幸福感、回忆的甜蜜感、经历的沧桑感、领悟的痛快感……无论年少时是否"狂"过，此时都会有对人生太多的理解、对生命全新的评价。当眺望接近地平线那绚丽的夕晖，静静看着它渐渐褪色、暗淡，内心会对拥有的一切更加珍惜怜爱吧？这也就是夕阳的可爱之处了。

2020.10.16

甘心做绿叶

学院教学秘书通知我，说学校要评优秀学业指导教师，我们系推荐了我，让我准备材料。我刚有点小欢喜，她又说每个系推荐一个，四个系一共推荐四人，然后学院再从中选出两人上报学校，学校最终只能给每个学院一个优秀名额。我的小欢喜立刻烟消云散，像这种"PK"来"PK"去的事情，最终的结果一般都不会太乐观。果然，没过几天，结果出来了，我们学院获奖的是一名资深教授。

这也是意料之中的事情，资深教授成果丰厚、名声在外，答辩、评审、获奖，都是水到渠成、顺理成章的事，获奖也容易；若是换成像我这种名不见经传的小人物，到了学校这一层，很容易就被"PK"掉了，得不上奖自己丢人不说，还不能给学院挣到绩效分，那该有多尴尬啊。

早知如此，不如一接到通知就说放弃评奖，连材料也不要准备了。还兴冲冲翻出学业指导的记录本，一边拍照片发给教学秘书，一边不由自主地回忆起指导学生的点点滴滴：哪个学生听话；哪个学生一开始跟我对着干，后来越变越好；哪个学生把我当知心大妈无话不谈……一页页的指导日记上都记得清清楚楚，也都是些难忘的回忆。还有微信中一条条的指导记录，包括语音留言，都记载了我和学生交流融通、共同学习的时光，重新翻阅、再次倾听，真是令人有心旷神怡之感，觉得自己是尽了为师之责。

这么多指导记录却没有获奖，是有些沮丧呢。可是转念一想，不必啊，我认真教学，为学生倾心付出，皆出于本心——为师之道，为长之道，为人之道。如果是为功利，又怎么当得起"老师"二字？学生尊我一句"老师"，我总有诚惶诚恐之感，生怕才疏学浅、孤陋寡闻，当不起为人师表的重任，于是总在工作中要求自己认真再认真，敬业再敬业，无时无刻不尽力而为，从未想过教书是为了获奖、争名夺利。既如此，又何必为没有得奖而耿耿于怀呢？

换位思考，获奖者一定有领先于我的理由，这就好比红花还需绿叶衬，才能显出红花的艳丽。英雄走过，也需有路边鼓掌的人投来羡慕的目光，才能使得英雄的形象更加高大。苔花如米小，也学牡丹开，我甘心做一片绿叶，茁壮我的茁壮，成长我的成长，在大自然的阳光雨露中默默奉献出自己的那一抹绿色，足矣。

2020.11.13

成蹊集

承压力

　　大清早我打车送孩子上学。在小区门口等了将近十分钟才好不容易抢到一辆出租车，行驶途中又遇到五车连撞的事故，导致一条车道被占，出租车如蜗牛般爬行了十分钟，穿过初中门口（这是到高中的必经之路），正是上学高峰，又堵了五分钟，不用看时间，肯定是迟到了。

　　我急，却不敢表现出来，怕孩子埋怨我，甚至发生争吵；孩子也急，不停地看手表，但也没吭声。已经是迟到的时间了，下了车他还是向校门口狂奔而去。望着他背着大书包奔跑的背影，我的心里说不出是难过还是自责，只想找个发泄的渠道。于是将心中的怨气通过微信一股脑倒给了在外地出差的老公。

　　事后想想，向老公发泄完全没道理。想要送孩子不迟到，只一条，早起五分钟，一切就都 OK 了。既然迟到了，那就要承受自己犯的错误，争取下次不再犯错。向他人倒垃圾，只能说明自己的承压力太差。

　　相比较而言，儿子的承压力却比我这个当妈的强太多了。当天放学回到家，我问他迟到的后果（我担心了一整天呢），他只轻描淡写地说了一句："最后一排坐三天，罚值日三天。"我再问他："老师批评你没有？批得严厉不严厉？"他都不再回答，仿佛什么也没发生一样。这让我不禁想起他上初中时也迟到过一次，那次是被年级组长抓个正着，名字公布在教学楼下的黑板上通报批评。我担心他受不了这种有伤尊严的处罚，他倒根本没当回事，像个没事人一样，说："反正上黑名单的又不是我一个人，那么多人陪着我呢，有啥的？"

承压力的养成应该与挫折教育有关。儿子从小到大，我们并未有意识地对他进行过挫折教育。但是他在幼儿园期间受过的磨难不少，有一年时间几乎都处于被歧视、被冷落的状态，估计是那时的不顺磨砺了他。从小学到中学虽然学习成绩还不错，但他并不是一个各方面都优秀的孩子，也就学会了接受其他人优于他的事实；身边太多的佼佼者也不会让老师把他当成固定的宠儿而放弃对他的批评，这一切都让他习惯了接受批评和指责，承压力自然也就慢慢培养起来了。

这是好事，毕竟人的一生中不总是顺境，更何况逆境往往比顺境要多得多，不坦然面对，不欣然接受，早就被生活的重压击垮了。别说实现人生理想了，就是想正常生活都不是一件容易的事情。所以，有时经历一些挫折未必是一件坏事，滋味不好受，可确实有利于身心成长。

当然了，只承受住压力是不够的，关键是要尽力把压力卸载，解决压力背后的问题，否则完全不把压力当回事，那可就真的一事无成了。

2020.11.14

补课

侄子七八岁的时候，嫂子给他报了个感觉统合训练班，原因是动作不协调，表现为：幼儿时期还不会爬就先学会走了；三四岁时从高台上往下跳不会使巧劲，嗵嗵嗵地着地，每次都说脚疼；一两岁娃娃都会的前滚翻，他都七八岁了怎么也翻不过去……嫂子把这一切归因于当初的剖宫产。可不管什么原因，按照医生的说法，会走之前是必须会爬的，没爬过就得补上这一课；跳高也必须会使巧劲，无论如何通过训练也得让孩子学会；还有前滚翻，必须让孩子能自己翻过去。名曰"补课"。

不补不行吗？

不行。不学会爬将来连走可能也走不好了；不掌握跳跃的技巧，微小的动作都可能会造成身体损伤；前滚翻生活中不常用，可是翻不过去，未来可能连一个简单的连贯动作都做不了。

补课不稀罕，现下的孩子周末大都在各种补课班里度过，文化课、艺术课、拓展班，家长们或是听了老师的建议，或是受了其他家长的影响，或是将自己年轻时未能完成的梦想加在孩子的身上，总之是为了那句"不能输在起跑线上"，给自家的宝贝补各种"营养"。

不补真的不行吗？

不知道，谁也没试过，谁敢拿自家孩子的前途开玩笑呢？所以尽管补了文化课之后，学习成绩未必有大的提升，但是总比不补强些吧；钢琴、美术、舞蹈学了，虽未成名成家，但对自身素质的提高总是有益无害吧；体育拓展班强身健体，让孩子锻炼一下何乐而不为呢？更何况孩子在这些集体中结识了更多的伙伴，培养了情商，家长们也有了更广泛的人脉，何乐而不为呢？

孩子要补课，大人又何尝不是如此呢？成人后的深造和再学习不是本文要说的重点。这里要说的是人生经历的弥补。我想到了自己十七八岁时的一些事情。彼时改革开放不久，还不似现在这般网络对信息传递的迅捷，但偶像崇拜的热度却丝毫不逊色于当下。那时不少同学喜欢港台明星，谭咏麟、周润发、张国荣的大幅照片贴满了宿舍床头，我却对此嗤之以鼻，总觉得这些人不就是拼个颜值，有点演技，会唱几首流行歌曲，值得你们这样吗？就连当时最流行的琼瑶小说我也只是随手翻翻，不相信其中所描写的完美爱情。

然而，时间过去了三十年，偶尔看到微信群里发的张国荣告别演唱会上满眼含泪的短视频，我却一下子泪奔了，心碎的感觉瞬间袭来，真的是"你一哭全世界都为你落泪"。我把张国荣的电影都找来仔细看、他的歌曲也找来仔细听，的确有"于我心有戚戚焉"的感觉。是经历了半辈子人生之后才有了如此体会吗？还是在补年轻时被忽略了的"偶像崇拜"这一课？我宁愿相信后者。

于是理解了演唱会上年轻人的尖叫和呐喊，理解了偶像告别或离世时粉丝们难以抑制的眼泪。心理学家的解释是："偶像崇拜"是人生必须经历的阶段，大多数人是在青春期时，如果此阶段崇拜受阻，那未来某个阶段必然要补上这一课，如此，人的心理才能健康发展，否则，就可能会产生这样那样的心理问题。

那么，人的一生要补的应该不止偶像崇拜这一课吧？事业成功的理想、完美爱情的梦想、美好生活的遐想，年轻时谁没有过这些憧憬呢？事业成功与否不好做评判，因为标准是各花入各眼，每个人的看法未必一致：仕途通达、大富大贵是一种标准，平凡踏实、兢兢业业也未必就不算成功。美好生活的标准也不好妄下断言，有人每天山珍海味却不觉幸福，有人粗茶淡饭却乐在其中。唯有对爱情的渴望是有统一标准的，那就是始终坚信年轻时心中的她（他）是自己真爱的归宿，是一生追求的目标。

所以才有了"曾经沧海难为水"的感慨，有了"除却巫山不是云"的执念，有了"春风十里扬州路，卷上珠帘总不如"的常相思，有了"何当共剪西窗烛，却话巴山夜雨时"的常相忆。于是就有了想见你、要见你、去见你的想法，有了补上人生这一课的念头。按照普世的说法，梦中情人在多年之后是最好不见的，因为会失望于她（他）的不再完美，极有可能与之前心中的形象相差甚远。然而圆梦，圆的是感觉，是回忆，是年轻时做过的梦。残缺的梦伴随的永远是残缺的人生，也是遗憾的人生，遗憾的人生显然是谁都不愿承受的。梦中情人老也罢、丑也好，见了，心就放下了，算是把年轻时的梦做完了；如果有幸能再续前缘，那这梦不就完美了吗？人生不也随之完美了吗？至于容颜的老去、气质的磨损，完全取决于心态，内心常怀美好，所见即皆是美好。

　　沈从文说："我行过许多地方的桥，看过许多次的云，喝过许多种类的酒，却只爱过一个正当最好年龄的人。"也许我们在错的时间遇到过对的人，那么，为着这份人生的唯一，尽可能弥补当时的遗憾，任何时候都不晚。

2020.12.08

补课·叛逆期

通常,叛逆期是与青春期同期,年少时必经的一个阶段。大抵从十二岁开始(也有说从十岁开始的),持续到十八岁后慢慢结束。那天和老公聊起儿子的叛逆,我俩都直摇头。我们这些做家长的,面对他的不服管教、一意孤行、自以为是,只能点到为止,至于他是否走心听进去了,也只能是一切随缘,我们只是尽心而已。

我时常回想少年时的自己,感觉似乎没有经历过叛逆期。原因是:家长说啥就是啥,几乎是百分之百地听命于家长、服从于家长,偶有反抗,往往是连萌芽状态还没到就已经被消灭了。而彼时未曾经历过的叛逆,却在我后来的人生阶段补上了。

我中学时一直偏科,尤其是高中阶段,语文、英语成绩突出,而物理、化学却一塌糊涂。我耗费了大量时间学习理化,却没有丝毫进展。高中分科时,班主任建议我学文科,可老爸坚决不同意,理由有二:一是学了文科将来就没法回到父辈的单位(一军工单位,对口专业几乎全为理工科),二是学文科没出息,将来也找不到工作。于是他常挂在嘴边的一句话就是:我就不信你学不会理化,人家都能学会,你怎么就学不会呢?而其实我知道我是真的学不会,至少是不开窍,花费再多时间精力也是徒劳。我也曾经无数次想过转学文科，可刚一张口，就被老爸的那两条"天理"和一句"口头禅"噎了回去。就这样虚耗了三年，结果是高考落榜，只能复读，这次无奈之下选择了文科，而就是这次选择也由不得我做主，是哥哥全力说服老爸让我改学文科，不然，即使复读也是重蹈覆辙继续死磕理科。第二年的高考，我的分数过了一本线，四年大学我上得不仅顺利，而且风光，得到了无数奖项，毕业时还获得了全省优秀毕业生的荣誉。最重要的是顺利回到了父辈单位的子校任教，也算是遂了老爸的心意。彼时的老爸似有所醒悟——早知能回到本单位来上班，又何必当初阻止我学文科，白白耗掉一年时间呢？及至我几年后考研离开他身边，来到离家千里之外的另一个城市生活，他才彻底明白当初对我专业选择的干预是错误的，因为这一选择不仅没有将我留在他身边，反而把我推得更远了。

而我思考的却是，我的叛逆期延长了好几年，在我被压抑太久后忽然明白：人要忠于自己年轻时的梦想。看书、写作、过一种有相对自由思考空间的生活是我从小的梦想。并非中学教学工作没有意义，只是那种紧张工作、按部就班且没有自由思考空间的日子，并不是我的初衷。于是我选择去努力争取另一种生活，与老爸的想法相左。但那时却只淡淡地对他说，我要考研，彼时的他也并未完全反对（我不知道是我经济独立了，还是年龄渐长他不再高压管理，而我更愿意相信是当时我坚持与男友不分开两地让他无法反对）。

从那时起，我开始进入不再凡事听从家长安排的阶段（说起来也可笑，别人家的孩子早在青春期就不听老爸老妈的安排了，我却挨到快三十岁了才能够把自主意识转化成行动）。在他们看来，我是变得越来越不听话了，老妈甚至说，生孩子干吗，净生气了，还不如丁克好。我的理解就是我没有按照他们设想的那样，生活在他们身边，让他们可以像我小的时候一样对我呼来唤去。尽孝是没错的，于我也是没有任何问题的，只是一旦长期待在父母身边，他们不仅从各种具体事情上管束我，更要从思想上控制我。多年来，每次回家，老妈都会要求我把长发剪掉，理由是我的头发太硬，不适合留长发。可老公、儿子都支持我留长发，尤其是儿子，严令禁止我剪短发。我自己也觉得长发好看，年龄是不小了，可心态上要保持年轻啊，最关键的是我喜欢留长发，喜欢长发飘飘的感觉，与年龄无关，与心态有关，也并不碍着任何人的事，有何不可呢？

所以，就一直这么叛逆着，没听老爸的唠叨去炒股，没听老妈的建议而违拗儿子的想法强迫他住校。生活中太多选择我可以按照自己的想法去实践，而无须耳边总有絮叨不完的"这是为你好"之类的话。我虽已不年轻，但试错又有何不可？之前未尝试过的新鲜事物我就是想试一试，年轻时希望张扬个性、释放自我的初衷始终都没变过，目下是可以实现的时候了。并非为补叛逆期这一课，只是为了"忠于梦想"的初心。

2020.12.12

成暖集

倚老卖老

前几日在小区门口的小邮局汇款,信息已经被营业员录入一半了,忽被告知需要出示身份证,我说汇款单上已经填了身份证信息了,怎么还要拿原件,她说需要留底;我说必须留底吗,怎么一开始不告知我?她说,有些人不需要出示身份证即可汇款,我这个不行,边说还拿出一沓复印过的其他人的身份证给我看。我站起来说,那我回家拿身份证去,但还是有些不甘心,又隔着玻璃对营业员说,实在不想再跑一趟,不拿身份证不行吗?她面露为难之色,说,真不行……

正说着,忽感左臂被碰了几下,一回头,一老先生(六七十岁吧)站我旁边一个劲儿捅我,还拽我衣服袖子。

办完了没有?

完了,我说两句话。

两句话?你都说三句了!

我有点蒙圈。依稀记得这老头是在我坐下以后进来的,他进来时我这边就已经开始被要求出示身份证了,邮局里除了我们二人再无其他顾客。几乎是他走到我面前,我就已经站起来了,但,他不允许我和营业员多说一句话。

先来后到是起码的礼节，我的业务没办完，您是后面来的，就应该等待；您年纪大，想先办理，跟我支应一声，没问题，我让您先办；或者您有什么急事还要赶着去处理，跟我招呼一下，我也让您先办。您说您连捅带拽，出言不逊，是为哪般啊？

不过呢，他要求我别耽误他的时间甚至有让他先办业务的意思，说明我还年轻，至少不像真实年龄看起来那么老，否则他也不会那么态度粗暴地对我了。想到这个，我的气消了，甚至有点沾沾自喜、扬扬自得起来。

尊老敬老是社会公德，人人都要遵守，可有个前提是：老也要有个老的样子，老的气节，老的风格，老的良善之本吧。公交车上见过不少人给老年人让座，有些老年人客气地不坐，说自己只一两站就下车；坐下的连说谢谢，下车了还不忘寻找刚才让座的年轻人，让人家继续坐，那画面真是温馨有加。有一次一大早带孩子看病，医院挂号处队排得很长，孩子一直看手表，担心赶不上第二节课，前面一白发苍苍老太太听到我们母子的对话，主动让我们排在她前面，说别耽误了娃上学，着实让人感动不已。

可如果倚老卖老，甚至为老不尊，可就有点说不过去了。像上面这位老先生，真让人一言难尽。公交车上也见过硬把年轻人往起拽，强行要求给自己让座的老年人；超市里免费提供的装蔬菜瓜果的塑料袋，也有老年人扯下一堆拿回家自用的。说起来这些都是不文明行为，可要是硬劝或者硬批评他们，又有点以下犯上,忘记了自己小辈的身份。可难道因为他们年纪大,做出了不文明、不懂礼的事情就能被原谅吗?好像也不妥,尤其是在当下老龄化日益严重的社会情境下。

俗话说得好,家有一老,如有一宝。老年人口数量增加,说明生活水平提高,人们的日子越过越好,这是好事。但老年人素质参差不齐的问题也日渐凸显出来,毕竟江山易改,禀性难移,谁不是从年轻时过来的呢?老夫聊发少年狂,也是真的。所以,老年人的公德教育是该提上议事日程了。

2020.12.23

客气/不客气

住宅楼进行外立面改造,楼下的报箱被拆除了,安装新报箱还得有一阵子时间。于是分别联系了送日报的师傅和送杂志的师傅,商量看咋办。日报师傅答应每天一早把报纸送上楼,别在房门把手上;杂志师傅说杂志到了,他送到楼下给我打电话。

如此一月,报纸、杂志也都按时送了,我甚为高兴,也心存感激,想着两位师傅往常只要把报纸、杂志塞进报箱即可,现在却要或上楼或打电话在楼下等待,辛苦不少,于是准备了一点小礼物表示感谢。早上听着送报师傅上楼了,开门把礼物递到他手中,一边说着感谢的话,他接过礼物只轻轻说了一句"谢谢",便径直下楼,并未像我想象的那样推却礼物。当然,我是百分百的希望他接受礼物,可是,总觉得他应该推让一下的;杂志师傅也一样,接了他电话下楼取杂志时,塞给他一个大苹果,他也是接过苹果,说声"谢谢",把苹果放进了随身挎包里,也是没有推让。

回来想想,不禁嘲笑自己的虚伪。明明是满心希望人家接受自己的感谢,明明是要真心感谢人家为你额外的付出,明明只是借一点东西聊表心意,那人家大方接受了,自己应该欣慰才是啊,怎么会心存芥蒂呢?怎么会想着人家必须推让一下、至少半推半就吧?是自己的内心有点虚浮的东西在作祟吗?

全心付出,大胆索取,这个为人处世之道是没错的,太多的繁文缛节反而会让人觉得生分。微信同学群里有时跟某同学打听事情,得到结果后,习惯性地拱手言谢,却总是被说"太装"。我是真的要谢,他却觉得这一拱手拉远了彼此之间的关系,辱没了同学间的情谊。也对,客气也是要分场合、分对象、分方式的,客气得合适,大家皆大欢喜;客气得不妥,不如不用,索性大气一些、豪爽一点,甚至豪横有加,也未尝不可啊。

2021.01.23

认同感（一）

一年前被拉进了高中的班级微信群。显然这不是一个新组建的群，因为我进来时已排在了列表极靠后的位置。通过旁观群里同学的发言，也能感觉到这群已存在相当一段时间了。在群里我基本处于看客状态，很少发言——和高中时期一样，大部分时间保持沉默。常在群里发言的总是那么几个同学，且"观其言，品其行"后，发现他们和学生时代有了大不同——彼时都属于与我同类沉默之人，此时却是群内活跃分子，或是话题的发起者，或是话题的积极参与者，你来我往，好不热闹。细思，或许高中时他们已经如此，只是我眼拙脑笨，没有感觉到？总之是这几位在群里活跃之人皆大有意思，让我有了在随感集里写上一笔的念头，于是就写了一篇"众生相"。

其中的一位男生恰在高中时与我坐过同桌，还加了我微信，闲时也聊上几句。一次闲谈我偶然讲起这篇"众生相"，他一听说，立刻要求我把写他的那部分发给他看。我说等集子出版了送他一本，他说现在就要看。我说你不看又能怎样，他说不看他过不去。我说你怎么就过不去了，你不是过得好好的。他说他过得不好，然后就沉默了。之后他又连着两天要求我给他发写他的那篇文章,我都拒绝了。他是个理工男,也并不是一个文学爱好者,文字功底一般,文章发给他,看了也就看了,未必能理解文中真意——哪怕这文章的主角是他本人,倒枉费了我写作时的一番心思。

其实我以为他执着地要求我把文章发给他看,是为了得到我对他的肯定,即在我这里获得认同感。我不认为我对他的评价对他有多么重要——无论我在文章里对他作了何种描述,进行了怎样的褒奖或贬斥,应该都不影响他的人生轨迹。但偏偏他要活在我对他的评价中,我想不只是我,其他任何人对他的评价他都会非常在意,所以他才会经常失眠——这是他自己在班级群里爆的料。

长时间活在别人的评价中,以他人意志为转移划定自己的生活轨迹,这样的人生未免太累。想让所有人都满意,其结果却往往是没有一个人能够满意。在家时一切以父母、配偶、子女为转移,到单位围着领导转,不得罪同事,社交场合笑脸相待每一个关系,每一条人脉,唯独忘了自己。就是想起来了,也是"静坐常思自己过",自己又"过"在哪里呢?无非是没合了他人的心意,这才有所谓的"过"。若除去他人心意,自己又何"过"之有呢?

当然,全然不在乎他人的评价,不关注周围人对自己的看法,我行我素也不可取,毕竟"兼听则明""忠言逆耳利于行""以人为鉴可以知得失"皆是至理名言,有利于人的进步。细想一下，人的每一步成长也都是建立在他人对自己评价、继而或自勉或改进的基础之上的。婴幼儿通过对父母手势、表情、语言的观察能清晰地感受到他们对自己的关爱程度，学龄儿童通过对老师言谈举止的留心可以判断出她（他）对自己喜欢与否，恋爱中的情侣通过对恋人一颦一笑的体会能够知晓对方对自己是否情有独钟……社会人自然是需要得到他人肯定和认同的，这也是支撑每个人存在于这个世界的原因之一。但过分在意别人对自己的看法未免失之偏颇，容易矫枉过正。关键是把握好其中的度，如果一味以他人的意志作为自己行为方式的指南，那就不仅是累，且有可能误入歧途也未可知了。

不妨学学李太白"仰天大笑出门去"，体验一下"我辈岂是蓬蒿人"的潇洒快活，岂不美哉？

2021.01.28

医院那些事

医院真是个神奇的地方，几乎每个人的生命都从这里开始，又都在这里结束。可以说，人生的每一阶段都离不开这里，没有哪个人这辈子是没进过医院的吧。我在想，如果把一个三甲医院的所有科室都跑个遍，估计能写部名为《人世间》的大部头小说了。因为就我和医院不多的几次交集来看，也算是在某些方面阅尽人间事了。

依靠

儿子四岁时，在省城一家三甲医院做了个小手术。中午一点，护士把儿子接进手术室，我们就等在手术室门外。医院是省内数一数二的好医院，可是手术室外却没有供家属等待的场所，所有家属都在楼道里或电梯间等候。

我心里忐忑，一开始就站在手术室的门外，隔段时间就有护士喊着"某某病人家属，接病人"，家属们就赶快拥到手术室门口，紧接着手术室的门开了，病人从里面推出来，我们这些不相干的家属也都要看上几眼，心里牵挂着手术室里各自的亲人。后来我的腿站酸了，就想在楼道里来回走走，怎奈到处都是人，而且不断从广播里传来"某某病人家属，谈话室谈话"，就见有人满脸焦虑地跑向楼道尽头的一个房间，于是我们这些不相干的家属也都伸长脖子，眼中满是关切与同情——被叫去谈话想必不会是太好的事情，手术过程中如果一切顺利叫家属去谈话干什么呢？果然，一会儿这被叫去的家属出来了，女孩子眼圈红红的，靠在楼道墙上抽泣，旁边的老父亲也是愁云满面低头不语。我们也只是同情地望着他们，心里对手术室里的亲人不禁有了更多的忧虑和担心。

于是，我换到电梯间的窗边站着——这里人少，离手术室远一些，感觉能暂时远离一下手术室门外紧张的氛围。不一会儿，电梯门开了，推出一个担架车来，上面躺着一中年光头男子，看样子是要做开颅手术。旁边簇拥着五六个人，表情看起来都还比较轻松，都在对床上的病人说着安慰和鼓励的话。待车子进了手术室，这伙人中间的一个中年女人突然哭了起来，不是那种大哭，只是嘤嘤嗡嗡，却非常伤心。旁边几个同行女子，像是她的同事或者闺密，急忙上前安慰，她却还是抽泣。这时，人堆后走出一高大帅气的小伙子，温柔地搂住了这中年女子，一边轻抚着女子的后背，一边嘴里不停地说着"没事没事，有我呢有我呢"，旁边的一众闺密也附和着"儿子在呢，不难过了啊"。她只是把头深深埋进儿子的臂弯里，任伤心的泪水流淌。

我的泪也止不住流了下来。那小伙儿虽然长得高大，看上去也不过二十岁吧，应该还在上大学，却要开始学着为母亲分担忧愁了。想想还在手术室里的我的儿子，将来有一天是不是也会这样把我搂在怀里，安慰我，帮我分担生活的压力与愁苦，做我的依靠呢？我的内心是矛盾的。我希望他未来的每一天都是快乐的，不要被任何烦心事所打扰；然而在遇到过不去的坎时，我又希望他能成为我的依靠，以男子汉的身份和心态替我分忧解难——无关感恩与回报，也许只是为了触动内心深处最柔软的所在。

2021.01.27

"没娘"的孩子

这孩子有娘，只是跟没娘一样。

和我儿子同病房住了一个急性阑尾炎的孩子，八岁，早两天做了手术，还需要住几天院做抗感染治疗。他奶奶陪着他，不停地问他喝不喝水、吃不吃东西、上不上厕所之类的。那孩子躺在床上只是睡觉，醒了也不吭声，眼睛盯着天花板，全然没有他这个年龄孩子的活泼与顽皮——病痛应该还不至于将他折磨得沉默寡言。我起初一直有点怀疑他是不是有什么精神疾病，直到他奶奶发了脾气，才明白事情的真相。

起因是这孩子因欠费被停了药，孩子奶奶急得在病房里大发雷霆。住院时她给孙子交的押金已经用完，后续治疗的费用没有及时补上，医院自然就把药停了。老太太已经拿不出钱来，急得直跳脚，埋怨医院太没同情心，说咋也不能把娃的药停了呀。

"娃他爸他妈呢？"我问。

老太太眼泪快下来了："离婚了，他妈又跟别人结婚了，他爸还单着，可一直没固定工作，收入不稳定，不然也不会娃住院还让我老太太拿钱，也不来看看孩子。"

娃可怜啊，老太太抹着泪出了病房。

两小时后，孩子亲妈来了，大着肚子。母子见面并未表现出过分的亲热，儿子不吭声，当妈的也不吭声，只听老太太在那里叨叨个不停。老太太出去了，妈和儿子还是沉默着，儿子的脸平平的，静得看不出伤心与委屈。妈的脸上看不到难过和担心，只露出些许的忧愁和无奈。

一会儿老太太回来了，手里拿着张单子给娃她妈看，说是医药费已经缴过了，马上就给孩子用上药。大肚子女人看了单子，起身要走，老太太想让她再陪陪孩子，她面露难色，小声说能从老公那里拿来钱已经不易，再回去晚了，怕是要给自己带来麻烦呢。

唉！没娘的孩子，可怜、可悲，未来的命运更加令人担忧。奶奶管不了他一辈子，即使生活费、教育费他亲爹亲妈还能供得上，可亲情的缺失、精神的抚慰又到何处寻找呢？没有了这些，他的人生又将是一幅什么图景呢？

只希望孩子奶奶长命百岁吧。

2021.01.27

面子婚姻

前年夏天我的左脚不慎扭伤,在省内最好的一家三甲骨科医院拍片检查后,确诊是骨折,需要手术治疗。医生给开了住院单,安排过几天消肿后手术。可是到了足踝科的住院部,却被告知只剩最后一个床位,且是男女混住病房。可是不住又能怎样呢?护士说再犹豫连这个床位也没有了,只能住走廊。

病房里一共三张床,一个老太太在门口,我的床挨着窗户,对面是一个中年男人,他二人脚部骨折都比我严重得多。老太太已经做过手术,但恢复得不好,在医院都待了半个月了,女儿一直陪着,不停地嘘寒问暖,给老人打饭、倒水、擦身,孝顺得很。中年男人脚部粉碎性骨折,一直没有消肿,住进来一星期了还没手术,照顾他的是他弟弟,不说话,就是干活,没事了就躺在病房外的一个担架车上睡觉。

我一直疑惑怎么没个女眷来照顾这中年男人,因为据他说自己是干工程的,看样子像个小包工头,钱应该是有的,不应该都这年龄了还孤家寡人一个吧?

转天,这男人的大女儿来看他爸了,拿了不少吃食,在病房里待了一上午,给他爸把贴身内衣换了,又把脏衣服打包准备拿回家洗。闲下来陪他爸又说了好一会儿话。中午伺候着吃了饭就要走,说是要到婆婆那里接娃去。我猜她接娃未必是理由,要走是真的,因为另一个女人来了。

这女人一进病房,我就感觉有点不太寻常。长头发、长裙子、高跟鞋、双肩背包,脸上化着淡妆,一阵风似的就飘进来了。虽说是人到中年了吧,可面相、身材、肤色,看上去还颇有些赏心悦目的感觉。一开口,并非市井之人,像是读过书的。

她是来看那个中年男人的,作为吃瓜群众,我搞不清他二人之间的关系。不管从哪方面看,他们都不像两口子。说白了,就是这男的压根配不上这女的。

女人是来看这个中年男人的,可来了半天了,也没听她问一句这男的病情,至于啥时候手术、医嘱是啥、病人目前感觉如何,也没听她问一个字,更不用说给这男的端个水喂个药,甚至都没去看看这男人的脚伤现在是个啥情况,自始至终她的双肩包就没放下来。她倒是嘴巴没停,说话的内容只有一个,似乎是孩子小升初择校考试的事情。男人于是问,娃来了没有?她答,来了,在病房外面,不进来。他让女人把娃喊进来,女人出去拽进来一个十一二岁的男孩子,孩子一直忙着摆弄手里的手机,眼睛都没抬起来一下。

女人把孩子摁在男人的床尾坐下,男人开始跟孩子说话,问他考得咋样,中午吃的啥饭,孩子只顾低头玩手机,也不回答男人的问话。待了一会儿,女人要走,说是晚了赶不上回郊区的车了。于是,拉着孩子又一阵风似的飘走了。

她娘俩一出病房,男人长叹了一声。我忍不住问道:这女的,这娃,是你的……?

他又更长地叹了一口气,答道,我媳妇,我老儿子。

媳妇?那怎么不在医院照顾老公呢?儿子?怎么也不听他叫一声"爸"呢?

男人这才讲起他的婚姻史来。他说自己结过三次婚,今天来的是第三任老婆。第一个老婆给他留下一儿一女,第二任老婆结婚不到一年就生重病去世了,没留下儿女。这第三任老婆是他一眼相中的,比他小9岁,跟他结婚时也已经35了,也是自身条件好,挑来挑去耽搁了。跟这女的结婚给他挣了不少面子,带到他那个圈子里,风光得很。他在这女的身上也没少下功夫,房子、车子、首饰都买了,人家开始对他也不错,还给他生了儿子。可自有了儿子后,女人就把心思几乎都放在了儿子身上,不停地给孩子换学校,说是要让孩子受更好的教育。学校是越换越好了,可离他也越来越远了。他们夫妻二人现在差不多处于有名无实的分居状态,女的住在哪儿他都不太清楚,有事她会来找他,找他就是要钱,要孩子的生活费和教育费。

"既如此,你还跟她过日子?"我问。

"想过离婚,可是一见她就又不想离了。唉,她就是个狐狸精,你们也见了,人家那样子是勾人呢!舍不下啊!"

原来是面子婚姻,这也算是一种婚姻状态吧。毕竟两个没有血缘关系的人要在一起生活一辈子,总要有些能将彼此紧紧联系在一起的东西,也许是感情,也许是恩情,也许是道德,也许是利益,也许是责任……总之是各种可能,也正因为此,才有了如此纷繁复杂的世界，诸多世间百态。

　　华灯初上时，我总爱站在窗口看万家灯火，想象着那一扇扇窗户后面，是温情脉脉还是冷若冰霜，是相濡以沫还是貌合神离，是天长地久还是同床异梦，而真正能解其中滋味的，也只有窗内那些灯下之人了。

2021.01.28

等……

国庆节，二十多年没见的高中同学通过班级微信群和我联系上了，说，等元旦放假了来西安看我。我说，好。心里却想：国庆节就有七天假呢，你现在怎么不来呢？干吗非要再等仨月？元旦到了，他却来不了了——他的老父亲病重住院，需要日夜陪护，不能离人。他抽不开身，于是后悔当初能来时没有成行。

"等毕业二十年时，咱们搞次聚会，把当时的老师、同学都请来，好好聚一下。"二十年到了，当年的老师有的调走了，有的出国了，有的已经不在人世。当时想到要聚的时候，为啥不马上就召集大家相聚呢？就算还差一年才到二十年，那又如何？就把相聚这一天当作二十年又有何不可？重要的是在这一天大家相见了，或喜悦，或感慨，或惆怅，总之是了却了分别如此长久的想念之情，足矣。若等……谁能预料未来会有什么事情发生呢？

记得看过一篇文章：丈夫做生意，成年累月天南海北地跑，妻子在家照顾老人小孩，贤惠勤俭。一次，丈夫从国外给妻子带回一条漂亮又贵重的围巾，妻子一直舍不得戴，丈夫常常提醒她戴上，她却总说，等正式隆重的场合再戴吧，平常在家也用不上。就这么一直拖着，终于有了正式隆重的场合了，她也总算戴上了这条围巾，却是在她的葬礼上，其时她还不到五十岁。这妻子的遭遇令人同情，除了扼腕叹息，我多少有些仇恨这个"等……"了。

类似的故事在生活中并不鲜见。儿时的记忆中，核桃似乎每次砸开都是有虫的，水果也通常是一半好一半坏的时候才吃，点心往往都是要放到有"哈喇"味儿的时候才开始吃。偶尔买件新衣服，也一定要等到过年的时候才能穿，哪怕是件春秋装，那就罩在棉衣外面吧，反正衣服总是要买大一号的；如果放的时间长了衣服小了罩不上棉衣了，那就穿在棉衣里面，反正是穿了新衣服了。"等"，儿时几乎所有的事情都和这个字有关，"等"的结果是从未体会过"最好的"是什么，"等"来的可能不是"最差的"，但必定是"不好的"。

甚至我觉得，等，是在教人学坏也未可知。"等你考上大学，就不用这么用功学习了。"于是，"玩命的高中，享乐的大学"成了众多高三学生的座右铭，结果呢？大学享乐了四年，也蹉跎了四年，等着拿文凭呢，等来的却是不能顺利毕业。"等我三年，等我事业有成，定会回来为你披上嫁衣。"三年后，他回来了，她却已成为别人的新娘；他能等，她却等不了。世间女子千千万，王宝钏却只有一人，十八年苦守寒窑，换来十八天的荣耀，这样的等待值得吗？

世间凡美好事物,莫不短暂,如烟花般绚烂,如流星般耀目,如雪花般晶莹,如火焰般炽热。若想感受其美丽,是容不得丝毫等待、片刻停留的。莫说十八年,就是十八秒也是等不得的啊!有梦有期待不是坏事,盼着最好的总是"下一个""下一天""下一年"甚至"来生",不如寄希望于"这一个""这一天""这一年"还有"今生"。与其苦苦等待,莫如趁一息尚存,努力争取。守株待兔是无稽之谈,为天下人所不齿;然而鸿门宴上屡次错过擒拿刘邦良机,任他是西楚霸王也只能自刎乌江,抱憾而终了。

2021.02.04

屏幕背后

年轻时谈恋爱,和男友分隔两地,无手机、无网络,只能写信联系,怎奈鸿雁传书速度太慢,为解相思之苦,多数时候是用电话交流,一聊起来半个小时一个小时也是有的。可我偏不喜欢这种交流方式,总感觉和电话那头的人说话,只闻其声不见其人,就像和戴着墨镜的人交流,搞不清镜片后面究竟是什么表情,既不真实也不踏实。

如今手机成了人们的标配,QQ、微信等聊天平台更是成了人们首选的交流方式,隔着屏幕说话几乎已经成了每个人每天必做的功课。网络授课、网络直播、网上购物、网络会议、网上恋爱、群发通知,等等,人们的日常都可以隔着屏幕进行,甚至离开了手机,生活竟有些不知所措的感觉。

所以,就连我这个最不适应隔着屏幕与人交流的人也开始适应这种见字如面、闻其声如见其人的生活了。单位领导群发通知,遵照执行;孩子班主任群发通知,遵照执行;我给学生发通知,学生回复"收到";朋友圈里有趣的消息,转发、点赞……交流无处不在,交集到处都有,人与人之间沟通的速度与频次都大大提升了。

然而每当隔着屏幕和对方聊天时,我的那种不真实、不踏实的感觉就愈发强烈起来。目之所及的只是屏幕上一行行的方块字,间或有些许的表情符号,或微笑或大笑或哭泣或愤怒,表达着聊天对象的心情。然而我总在想,屏幕背后的他或她真的如屏幕上的文字或符号所展示的那样,真的是在笑或哭,高兴或难过吗?也许正相反,他(她)给你点赞,内心里也许对你嫉妒到极点;他(她)说"好的",其实是把你烦得够够的;他对你甜言蜜语、关爱有加,实际上只有征服的欲望;她对你蜜语甜言,柔情缱绻,不过是觊觎你优渥的身家……

我常常会下意识地伸出手去探查屏幕后面,想把写出那行文字或打出那些表情的主人拽出来,摘掉他(她)的"墨镜",看看他(她)是不是言由心生,抑或是言不由衷。因为我希望看到一双澄澈透明的眼睛,哪怕双眸里充满的并非总是欢乐与幸福、自信与单纯,但,只要这眼睛里呈现的是真实的他(她)的心,就足够了。这世界就踏实了。

2021.02.21

爱的缺失

前几日给家里打电话,母亲接的,说父亲现在经常懒得动,就连下楼遛弯儿也是没走几步就要回家,说自己走不动,只想坐在家里,不动弹,看看电视发发呆。以前他可是非常乐意下楼散散步、转一转的,而且经常是一下去就很长时间,目的就是听一帮退休的老同事们传播各种消息,直说到哈哈大笑,才各自回家。

放下电话我在想是不是因为过年我们没回去,所以父亲就干什么都提不起劲来。因为孩子要参加高考,我们今年春节假期就没有回家。想想去年他还很愿意骑上车子慢悠悠地去超市买个菜,尽管已是八十多岁的高龄,可但凡我们做儿女的回家,他买菜、做饭总是劲头很大。毕竟他这一辈子的精力差不多都花在儿女身上了。

在外人眼里,父亲在我和哥的身上倾注很多,尤其对我,几乎是从小管到大,哪怕我已经定居在别的城市,只要我回去,他仍会一如既往地为我忙前忙后。旁人总说父亲真能行,培养出两个大学生;两个孩子真幸福,有这么一个尽心的老爸。这一点我自己也不否认,他的确是为我们付出了太多太多,想起来常常有感动落泪的冲动。父亲的身体一向还可以，也不需要我侍候床前，反而是我回去后，他和母亲一起给我和孩子做吃做喝，临走还大包小包带回不少东西。可是不知道为什么，随着年龄的增长，却越来越不愿意回去了。

那怎么就不想回去多陪陪他们呢？是不忍心看到离别时他们伤感的表情甚至分别的眼泪吗？不是。这种人之常情的东西总是要体会，况且目下便捷多样的通信方式使得再遥远距离的联系都变得不再困难，天涯即咫尺，手机屏幕背后尽可感受亲人的牵挂和叮嘱，信息沟通也是瞬间可达。

仔细想来，只有一个原因让我不愿回家了，那就是我自小到大爱的缺失。没错，父母为我付出了很多，也倾注了很多，父亲甚至为了照顾我和哥的生活起居，放弃了出国深造的机会（那时母亲上班远，中午无法回家给我们做饭，晚上有时还要上夜班）。但细想来，父亲更多给予我的是管束和掌控，母亲更多的则是训诫和命令，我成长过程中的几乎所有大事小情都由他们做主，不容我表达自己的想法，更不可能让我按照自己的想法去做事。

那个年代，没有夜市，没有酒吧，也没有应酬，人们晚上下了班之后差不多都是回家的。所以常常是在我们住的那一排平房门口，夏天晚饭时一家人围坐在门口的石台上吃饭，晚饭后孩子写作业，大人在旁边辅导功课。父亲把培养教育我们兄妹的任务从我们上小学一直坚持到我们高中毕业。高中分科时他不假思索、不容分说地为我们选择了和他所在单位对口的理工科，甚至连报哪几所大学、什么专业也早就定好了。他是知道我严重偏科的，但仍然坚持让我学理科，结果自然是高考落榜复读一年文科。后来我才知道，我高中的班主任曾经不止一次跟他谈过我应该学文科，他都没有跟我说过此事，直到我第二年考上大学返校见到班主任，她跟我提起我才知道。

我不知道爱的确切定义是什么，但在我看来，爱首先应该是了解、理解和尊重，这几方面远远大于生活中各种付出与关心。孩子在成长过程中也许需要上早教班、学钢琴、练形体，目标早早就定在清华北大、哈佛牛津，但不知有几个家长是在透彻了解孩子真正的兴趣（有可能转化为未来的理想）后，提供给孩子一个充分发挥特长、自由追逐自己梦想的空间的。多数家长不过是为了完成自己没有完成的人生愿望，将它强加于孩子身上实现；或者是以过来人的经验，为孩子选择一条他们认为妥帖的道路，让孩子去走罢了。

成年后，我也曾经就年少时被耽误的人生理想和父母谈过一次，母亲反驳我说，那你当时也并没有坚持要学文科啊！我说，我敢坚持吗？因为坚持的结果必定是换来父亲的唉声叹气，母亲的严厉训斥。我们家是严母慈父，母亲的权威是不容任何置疑的。她是个好母亲，心地善良，心灵手巧，会做各种美味可口的饭菜，还会给我做好看的衣服以及编织商场里见不到的漂亮毛衣。但，她从未给过我一个拥抱，一个亲吻，哪怕是出门时让我挽着胳膊也从来没有过。我对她是敬而远之的。与她交谈，我会不自觉地变得小心谨慎，因为一句话说得不对，她就会大发雷霆，并非针对话语的内容，只是她不容许自己的权威受到质疑。

所以在我印象当中，我的成长过程中都没有这样的记忆，那就是：无论是父亲还是母亲，和我促膝而坐，听我倾诉，与我倾心交流，真正了解并关注我在想什么，我想要什么，我有什么苦恼、困惑，该怎么解决。而实际上我以为这才是爱的真正出发点，也才是爱的表达或者说是爱的真正出口。一个理解的眼神、一句鼓励的话语，哪怕只是一个轻柔的拥抱，都是有可能让迷茫的心灵得到安慰、重新振作起来的啊，因为这是来自最亲的人的理解与支持，还有什么能比这个更温暖人心呢？

近些年父亲渐渐有些明白当初在我的专业选择上一意孤行是不妥的，每次回家都要向我提及，表达自己的歉意。我说您就别提了，过去了就过去了，再提也没什么意义，反而你我都更难过。他也许是觉得我记恨于此所以不愿回家。其实我哪里还计较这个，毕竟我现在过得还好，人生理想虽与职业理想不能完全达成一致，但也还是可以通过其他途径实现一些的。

其实那个年代的父母皆如此，或许他们理解的爱与我理解的不同罢了。我写此文应该是吐出了我们这一代人的些许心声，算是给自己一个交代吧。何况我常与自己的孩子交流思想，倾听并尽可能尊重他的想法，足够聊以自慰了。

2021.02.24

善有善报

二十几年不见的高中同学久别重逢,一副事业有成、志得意满的样子。谈笑间,慨叹光阴似箭,岁月沧桑。已届知天命的年纪,该追求的也追过了,不管追不追得到;该努力的也努力了,不管得没得到;该有的也有了,不该有的估计也不会再有了。孩子渐渐成人,总算能为自己做些什么了,那闲暇时都做些什么呢?他说迷上了读佛经,每天都要读一遍《金刚经》,其他各类经文也都有所涉猎。我问读佛经的目的是什么,他说是因为几年前老父病重,读佛经以祈福,后来也就成了习惯,目的还是种善因,得福报,愿世界安好,他也安好。我说那不如平日里多做些捐助之事,似乎比笃信佛经来得更加实在,他说那不同,内心祈望平静安宁要比任何物质的帮助都来得更加有力,善果缘于心中的善因,无此,一切皆空。

果真如此?

人在遇到难解之事时,内心总会祈盼克难攻坚,顺利前行。前提是该克的难一定尽力去克,该攻的坚必全心去攻,然后才祈愿一切顺遂。除非无计可施,否则不会对哪怕还有一丝希望的事情坐视不理。每当看到筹款平台上那些被病痛折磨得痛苦不堪的病人无助的眼神,以及他们被巨额医疗费拖累得一筹莫展的亲人难过的样子,我都会伸出援手拉上一把,哪怕只是一点点微薄的捐助——尽管其中的绝大部分人与我素不相识。倒并非想到自己也许哪天也可能遭遇同样境遇以求回报,只是觉得此举乃做人本分,冥冥中也是为自己积攒善因吧。当彼时,从未想过只是去念念佛经、合掌祈愿便能让处于危难之中的人渡过难关,因为彼时他们最需要的首先是支付高额的医疗费用,才能具备与病魔抗争的最基本的充分且必要条件,然后才是家人虔诚的祈愿;彼时的哪怕一分钱对于他们也是宝贵的吧,比念经要来得实在得多呢。

当然,我并不反对从佛经中去求善因得福报,寻求内心的宁静。这样做至少能在纷繁复杂的世界中为自己的内心开辟一片净土,也属难能可贵了。尤其是面对升学、求职、健康等一系列难解之题时,将难题寄托于内心的信仰,也不失为一种摆脱焦虑的方式。然而,再美好的语言都不如最简单的行动,与其放空追求虚无的信仰,不如行动起来做些实际的事情:做个志愿者服务于公益事业,帮助别人给自己带来快乐不好吗?周日去福利院做做义工,为社会尽一点绵薄之力又该有多幸福呢?

生命由善开始,以善延续,祈愿以善告终。信仰的力量恰能帮助我们善始善终。由是就不要害怕生命将会结束,而要害怕它从未开始。内心的安宁必定来自对世界的无私给予，倾力付出，其实这也就是佛经里所说的种善因，得善果了吧。

2021.03.20

爱的印记（一）

儿子上初三那年，他读了六年的小学教学楼被拆掉了。原因是学校要扩招，校园要扩建，原有的教学楼已经容纳不下人数增加后的学生。之前就听说老教学楼要拆，可一直不见动静，我还跟读初中的儿子商量趁拆除之前去那里拍照留念，可没想到拆得那么快，因为得知这一消息是通过同事发在群里的视频，只短短的几秒钟，四层楼就轰然倒塌。下午放学去接儿子回家时，我把视频放给他看，他瞪大眼睛看了好几遍，连说：这是我们学校吗？是模型吧？假的吧？我说：一会儿去看了不就知道了。

小学校园就在我们的家属院里，我和儿子走到跟前，天已擦黑，透过已经拆掉的大门向里望去，只看到断壁残垣、一片狼藉，破砖烂瓦堆在校园中间，一部分楼体还没有完全拆除，儿子指着四楼的几扇窗户说：看，那是我们班，还没拆呢。说完就沉默了。

我们在学校门口站了一会儿，我说：走吧。

儿子不吭声，也不动。

我说：是不是有点伤感？

儿子低下头，嗯了一声。

我说：我也有点难过，想流泪了。

他半天没吭声，我转过脸，看见他低着头，蒙蒙夜色中眼睛里似乎有亮晶晶的东西在闪烁。

我不说话了，陪着他就那样又站了许久……

落其实者思其树，饮其流者怀其源。小学生活留给儿子的是满满的爱的记忆，在他眼里、心里、嘴里，所有的老师都是可尊敬的好老师，所有的同学都是带给他欢乐的好同学，所有经历过的事情都是令他难忘的美好回忆。当然，不如意的时候也在所难免，但瑕不掩瑜，于他而言，那些完全可以忽略不计。这些关于爱的印记使他对这六年生活充满了深深的眷恋之情，这所学校的每一点变迁——无论发生过的还是正在发生的，也都会为他所关注，他也以自己毕业于这所学校而自豪。中学时期，每当他学习松懈之时，我都会半开玩笑地刺激他一下：不好好学习，将来怎么面对小学时的那些恩师啊！他立刻会呈现出一副重任在肩的模样，重新打起精神来投入自己的本分当中。每当此时，我也会被他的这一份责任心和使命感深深打动——因爱产生责任感，以责任感激励自己不断奋进。

童年的记忆对于一个人三观的形成起着至关重要的作用，这已经是不争的事实。儿子能在他的童年有这么美好的记忆，也算是他人生开始阶段的一大幸事。未来的路还很长，也必定不会一帆风顺，但只要想起那几扇窗，窗下那个刻苦读书的小男

成暖集

生,这个如今的少年就一定会努力向下扎根、向上生长,直到长成参天大树。

2021.03.24

爱的印记（二）

儿子从一岁到四岁是在老家度过的，那是北方一个中等城市的军工单位，管理有序，干净整洁。家属区里有中小学，有食堂，有假山，有鱼池，还有几处休闲小花园。只要天气好，姥姥、姥爷每天总会带着他下楼转一转，玩一玩。

后来儿子来到我们身边，常常跟我们念叨那个院子里他玩过的地方。每年寒暑假回去省亲，他也总要在院子里转上一大圈，把小时候玩过的地方都重游一遍。有时他会叫上我，走到小花园，在那里踩上几脚健身自行车；来到金鱼池，趴在围栏上看一会儿池子里的金鱼；走进食堂旁边的小超市，买上一包他小时候常吃的薯片……我没时间的时候，他就一个人下楼去寻访旧踪，这已成了他每次回老家必做的功课。儿子离开老家几年后，父母搬到了院子里另外一座新楼居住，再回家省亲的时候，儿子拉着我转到了他小时候住过的老家属楼下面，甚至要拉着我上楼去看看他住过三年的屋子现在变成什么样了，屋里的新主人是谁……

儿子怀旧是真的，也是因为这些地方给他留下了太多爱的印记。老辈人的疼爱，玩伴的熟识，都在他幼时的记忆中种下了开心的种子，也埋下了难忘的记忆。有时候我会自责不应该把儿子扔在老人那里几年，让他缺失了本该拥有的父母之爱——虽然我常常回去探望，一年中加起来有将近半年时间是陪在他身边的。但看到他并未因离开几年而对我们有过任何的责怪，反而总是对在老家的那段时光津津乐道、心向往之的时候，我又觉得也许这样一种人生经历于这个小小少年而言未必是一件坏事。正如林清玄所说："每一寸时光都有开谢，只要珍惜，纵使在芒花盛开的季节，也能见出美来。"

　　人生确如一场旅行，只要留心，处处皆为风景；唯有珍惜，事事值得回忆。我以为，童年记忆对人的一生影响之大，原因恰在于此。

2021.03.27

一事能狂便少年

儿子晚上放学回到家,刚一进门就大声宣布:
"今天班里发生了一件大新闻!"
看他那兴奋的样子,不亚于八级地震来袭。
"今天我们班集体'抗旨不遵',上了体育课!"
哦,这下我知道是怎么回事了。

距高考还有不到七十天,班主任恨不得把所有能利用的时间都用来让孩子们复习功课。可是按照教育局的规定,体育课还要正常上,这大概是大多数孩子们一周最期待的两个小时放松的机会了。偏偏今天是有轻微沙尘的,早上儿子去上学时就一直担心下午的体育课上不成,果然,班主任下午一来就宣布体育课全班同学在教室自习。然而大家还是在体育课的时间下楼去了操场,原因是:不上体育课并非校方官宣,而只是班主任一厢情愿,且大家到了操场后体育老师也等在那里。于是这场放松比正常体育课又多了至少百分之五十的快乐——违抗"圣意"的快乐。

我问孩子,班主任后来是否在体育课时到班里巡视,答曰:去了。

那么多同学都没在教室，她说什么了吗？

答曰：只说了一句"让他们最后再狂欢一次吧"，而且是笑着说的，毕竟班里还有十几个同学"遵旨"在埋头苦读。

这就是王国维所谓的"一事能狂便少年"了吧，恰又在"四时可爱唯春日"的人间四月天。万物萌生，欣欣向荣，十八岁的少年即将成人，这可算是他们成人礼的一次预演了吧。孩子们并非只是想上一堂体育课，也并非被高考的压力折磨得要冲出教室，更不是不知道高考日期的日益迫近。他们只是想小小地表达一下自己作为"人"的自我意识，仅此而已。哪怕这种表达有可能会面临班主任疾风骤雨似的严厉训斥，他们也在所不惜。而他们当然也深深了解被他们尊称为"皇帝"的班主任老师无非是"刀子嘴豆腐心"，不会把他们怎么样的。

所以还是要感谢亲爱的班主任老师，她是最了解这些带了三年的孩子们的，她了解他们每一个人的理想、志向、责任心和担当意识，了解他们深藏在心底的拼劲和毅力，了解他们为各自目标努力的信心与行动。所以，好吧，偶尔的任性，而且是在她的羽翼下再没有太多机会的任性，她就任由他们去了，"狂"着玩、"狂"着学、"狂"着考，一飞冲天也未见得就是没可能的啊！

高中阶段总被人描述成人生最难熬的一段时光，但经年之后，又有谁会否认那几年其实是人生最值得回忆的时光呢？好多人毕生的理想是那时树立的，太多人的初恋甚至一生所爱是那时萌生的,能够记得最多的事情也是那时的喜怒哀乐。看到儿子认真、仔细且不乏快乐地度过高中阶段的最后岁月,并没有每日焦虑于书山题海的压力,我甚感欣慰。

村上春树说:"曾以为走不出的日子,现在都回不去了。"就以此句作为此文结句,也送给如儿子一样为高考奋斗着的每一个少年,以及为高考奋斗过的每一个曾经的少年。

2021.03.31

位置

儿子从小喜欢拼搭乐高积木,属于熟能生巧、无师自通型的"拼手",从巴掌大的小汽车、小飞机,到1∶8的保时捷跑车、航天飞机,"拼龄"远超十年的他早已成为积木拼搭方面的快手、熟手,且对此事务的热情一直未减,只要有新品上市,又是他喜欢的航天系列或机械组系列,必定列于购买计划,待考试成绩优异,便请求我作为奖品收于囊中。而店家作为售卖这些价格不菲的大型拼搭积木的促销手段,在打折之外,还会以巴掌大小的乐高小产品作为赠品相送,对于刺激如儿子一样的"乐高粉"颇具吸引力。可每每赠品拿回家,儿子却连碰也不碰一下,理由是那些小东西对他这种重量级的拼搭高手来说太小儿科了,哪怕只花十分钟就能拼好一朵小红花,他认为也是浪费时间。他宁愿把时间花在挑战大型乐高产品上面。

虽说是赠品,然而价格并不便宜,往往能够达到所购买大型产品的至少十分之一。拿去送人,亲戚熟人是不敢送的,人家一旦了解了收到的是赠品,我今后在人前就没法做人了;不熟识的人,我还真有点舍不得送,毕竟羊毛出在羊身上,说是赠品,其实成本早包含在正品的价格之中了,这是地球人都明白的道理。那咋个办呢？

我问儿子，答曰：随便。

又问：那我拼个试试，如何？又答：随便。

于是年届半百的我开始拼搭巴掌大的小汽车、小飞机，在此过程中，还颇有些心得呢。

拼搭积木，最重要的就是在看懂图纸后，严格按图安插零件，将每一个零件的位置安插准确，千万、绝对不可自行其是，若一个零件位置拼错，短时间内如果发现不了，到整个产品基本成型时问题就会凸显出来，无论怎样改进，都无法拼成图中的样子，唯一的补救办法只能是把安错位置的那一个零件之后的所有零件都拆掉，按照图纸重新拼搭，除此，别无他法。

看来一个萝卜一个坑还是有些道理的啊。零件有它该在的位置，那我们每个人呢，是不是也有自己应有的位置？一个零件错位了，导致的后果是整个产品不能成型；那一个人错位了，后果也许是整件事不能成功，甚至满盘皆输。所谓"兵熊熊一个，将熊熊一窝"，说的就是这个道理吧。赵括熟读兵书却在长平之战中遭遇四十万赵军被活埋的结局，就是因为他难当帅位；"汉皇重色思倾国"的李隆基显然也难当帝位，否则也不会有安史之乱的亡国之危；温莎公爵虽留下了"不爱江山爱美人"的美名，却难掩他不胜国家重任的本质。

当然，"运筹于帷幄之中，决胜于千里之外"的将帅也不鲜见，不然怎么有了空城计中焚香抚琴、镇定自若的诸葛军师，巨鹿之战中破釜沉舟、拼死一战的西楚霸王，渑池之会中誓死卫主、完璧归赵的蔺相如。恰是这些英雄人物充分认识到了自己在大局中的位置，准确判断形势之后，奋不顾身地扮演好了自己的角色，才能在险中求生，赢得胜利。

　　普通人也不例外，所谓细节决定成败，说的就是这个道理。雷锋说的没错，做一颗永不生锈的螺丝钉。我们每个人其实也不过就是历史前进车轮中的一颗螺丝钉，需要做的就是坚守好自己的岗位，发挥好自身的作用。每颗螺丝钉的位置安对了，车轮就能顺利滚动起来，一直向前；若有其中一颗螺丝钉出了问题，车轮的滚动就会出现问题。关键是螺丝钉要找准自己该在的位置，把自身的作用发挥到最佳，达到所谓"人尽其才，物尽其用"的效果。如此，生活中"牢骚太盛防肠断"的烦恼自然会少了许多，"风物长宜放眼量"的胸怀必然会增加不少，尽力而为、完善自己将成为人生主旋律，那就真的是每个人都了不起了。

2021.04.22

佛系

看电视剧《小舍得》，看到小学生子悠因为被妈妈强迫上太多的课外辅导班而出现心理问题，成绩下滑的情节时，不知怎么，忽然想起了儿子的小学同学——飞。飞是儿子小学六年的同窗，曾经是儿子最好的伙伴。两人之所以成为好朋友，主要是因为都喜欢钻研数学难题，且在学校里都成绩优秀，可谓志趣相投。另外就是，飞同学心宽体胖，性格开朗，大大咧咧，生活中不拘小节，什么事都不放在心上，儿子性格内向，不善言辞，恰恰和飞同学的豪放互补，所以两人能学到一块儿、玩到一块儿，非常投缘。小学毕业时两人各自去了不同的中学，因为分开，彼此还伤心难过了好一阵子。

两个小伙伴再次见面，已是五年之后。儿子对这次见面的评价是：时移世易，恍如隔世，他甚至怀疑此"飞"非彼"飞"。那是在高中数学联赛省赛的考场上，儿子在考场门口张贴的名单上看到了飞同学的名字，进去坐下后就满教室找寻起来，忽然发现他前面隔了一个座位的男生背影像极了飞同学。距离考试开始还有一段时间，于是，他起身走过去和老友打招呼。本以为飞同学会和他一样，因为久别重逢而兴奋不已，然而，出乎他的意料，飞同学只是抬眼看了看他，确认儿子确实是他的小学同学，就没再说什么，对这次时隔五年的见面表现得异常平淡。一试结束，距二试开始还有半个小时，儿子又去找老友攀谈，这次飞同学竟然趴在了桌上，头深深埋进了臂弯里，甚至不愿意和儿子说话。儿子不解，也不便再问，于是这次见面就此结束。考试结束，儿子向我描述这一切时，眼中是深深的疑问，表情是满满的失落，他不明白怎么六年友谊的小船没来由地就此搁浅，到底是哪里出了问题。

直到当晚看了飞同学在 QQ"说一说"里的留言，儿子才明白其中原委。他的冷漠并非针对儿子一人，而是这么多年参加竞赛以及为参加竞赛付出的艰辛使然。小学时的飞聪明、活泼、健谈、知识渊博、成绩优秀，身边总围绕着众多同学，向他讨教这个询问那个。不仅如此，他还擅长下棋，曾经在不少省级以上的少儿棋类比赛中获奖。我原以为他的优秀是天赋使然，直到一次偶然的机会和他妈妈交谈过后，才知道他所有成绩的取得除了聪明的头脑，还来自停不下来的各种训练。

那时飞和我儿子同在一个课外英语培训机构上课，中午十二点下课接孩子时碰到他妈妈，我说不如大家在一起吃个饭，他妈妈说飞还有一个书法班的课，就在半小时之后，她要马上开车带他赶往另一个上课地点。我说那孩子不吃饭了吗，她说已经买好了肉夹馍，就让娃在车上一吃，就当午饭了。我说那孩子不休息一会儿吗，她说困了就在车上眯一会儿，等晚上回到家再好好睡吧。

飞下午还有别的课吗？我问。

还有作文课，晚上还要去学棋。他妈妈一边说着，一边发动了汽车。

后来才知道，飞每个周末的两天时间，比平常上学还要忙。除了上边的那些课程，还有奥数、电子琴、语言训练。我有些担心孩子上这么多的课能否吃得消，会不会有厌烦的心理——毕竟没有一个孩子会愿意让这些课程占满自己休息日的所有时间。但飞的妈妈在后来与我的一次交流中说，飞不但没有厌烦这么多的课外学习，反而很享受这个过程，她说飞很乐意从一个培训点转战到另一个培训点，学完一门课程又继续学习另外一门课程，乐此不疲。

那暑假呢？带孩子出去玩吗？还要继续上课吗？我问。

没有专门带孩子出去过，他不是要参加各种比赛吗，也是全国各地跑，比赛间隙可以和小朋友玩，比赛结束也安排的有专门的游览时间，就当旅游了。飞的妈妈自豪地说。

原来"学霸"是这样养成的！

我在咋舌的同时，心底里泛出的只有自愧不如。不要说我儿子吃不下这份苦——在车上解决吃饭、休息的问题，首先我这个当妈的就不忍心让孩子吃这份苦。假期的出游是孩子盼了一个学期好不容易等到的，哪怕只有短短的几天旅行时间，孩子也会认认真真地饱览大好河山，也因此开阔了眼界，收获到不少心得。比赛就是比赛，游玩就是游玩，这两个一勺烩，是买一送一吗？孩子不答应，我也不会同意。

你太佛系，这样会耽误孩子的！飞的妈妈对我的观点给以坚决的批判。

呃……

也许，我如果以飞为样板，让孩子飞速旋转起来，孩子的大脑可能在年幼时会被开发得更多一些，拿到的奖项也会再多几个，获得的认同感会更强一些。但是，自然界能量守恒定律是不会变的吧，早聪就必定不会晚慧，太早发力会不会后劲不足呢？毕竟人的精力是有限的，毕竟孩子总要长大，他的生活中不是只有没完没了的课程——尤其是在他逐渐意识到自己渐渐成人的过程中，除了课程还有很多可能比课程有趣的东西在等着他的时候。更何况孩子在年幼时愿意去上课多半是因为学得比其他同龄孩子出色，能够获得他人的认同，可一旦他的成绩下滑，没有人再羡慕他甚至没人再关注他的时候，又会怎样呢？那他一定会失落，继而是对自己能力的怀疑甚至否定，然后迁移到对周围人的怀疑、否定、冷漠……

飞在QQ"说一说"中说到他为了参加竞赛所付出的努力，以及失败后的落寞。联系他从小到大的经历，我和儿子都明白了他为什么会漠视周围的一切，甚至连多年不见的老友都视而不见。我以为造成这一切的根本原因其实是他的妈妈太佛系——在孩子的情商教育方面太佛系了。

我以为，人生最不应该佛系的就是"三观"的树立与养成，而不是求学时的成绩单、工作时的名与利。

飞同学出名的除了学习成绩，还有一样就是他的邋遢：全班同学都知道他的书包是一个垃圾袋，书包里的各种书、本子、笔、水杯，都是胡乱塞成一团，从来没有整齐过，常常还会发出阵阵异味，原来是还有半个没吃完的肉夹馍遗忘在里面好多天了；校服几乎没有见他穿过干净的，可能是忙于上各种课外班，来不及换下来清洗吧；脚上鞋子的鞋带经常是松开好久了就在地上拖着，在脚底踩着，他却浑然不知……妈妈怎么不提醒他做好这些事情呢？哪怕是牺牲几次课外班的时间，专门训练一下，孩子也不至于弄成这样啊。而她却只顾忙于将他从一个培训班"转运"到另一个培训班，从一门课程"发配"到另外一门课程，享受着虚无的"优越感"……

而在"转运"的过程中，孩子在睡觉，家长也确实没有时间和孩子交流，所以才没有帮孩子养成好的生活习惯，更不可能跟孩子讲做人的道理——听儿子说，平常在班里，飞同学很容易因为一点小事没有遂了自己的心愿而情绪化，继而把糟糕的情绪迁移到周围人身上，哪怕这些人跟造成他坏情绪的原因并无半点关系。

该佛系的较真了，不该佛系的却不当回事，这大概率是目前国内不少家长所面临的困境。并非家长愿意这样，但就像《小舍得》里说的：在剧场里看戏，前排一个人站起来了，后边的人就会次第站起来，最后剧场里的所有人都会站起来。其实根本没必要站起来，可谁又愿意落在谁的后边呢？

　　再回过头来想想，就算不站起来，这场没看好，那可以等下一场啊；下一场还是看不成，大不了不看了，又怎样呢？心中有风景，处处是风景；心中无故事，满眼是虚空，哪怕站得再高，也是徒劳。于纷繁中淡定，在凌乱中从容，不负韶华，快乐前行，这大概才是"归来仍是少年"应有的心态吧。

2021.05.02

为他们点赞

以往在路上看到路面围挡，内部施工，内心总是充满嫌恶，一则道路被占去至少一半面积，造成交通拥堵，影响通行速度；二则里面施工扬尘，污染环境，破坏市容市貌。每每走在路上碰到这种情况，我总是掩住口鼻，快速通过，一秒钟也不愿多停留，一眼也不想往工地上多看，满心里全是怨愤！

可昨夜的所见却彻底颠覆了我之前的想法。

我家所住楼房临街，前几天因为下暴雨，致使楼下马路上的一处窨井堵塞，凡有车经过井盖周围路面时，必溅起大量水花。昨晚七点左右我在阳台上做晚饭，看到楼下路面已被围挡起来，一辆挖掘车已进场施工——挖开窨井旁边大约三平方米见方的水泥地，对窨井及其管道进行施工。一整个晚上只听到挖掘机突突突凿击地面的巨大声响，一直持续到午夜时分响声才停下来。原以为已经修好完工了，往楼下一看，几名穿着反光背心的工人师傅围在窨井旁边，一边指挥施工，一边还在商量着什么。看来他们是要加夜班了。

早上五点半我起床到阳台上做早饭，往楼下张望，围挡还在，窨井还张着大嘴，看来还没有修好，只是围挡的面积缩小了一些，毕竟一会儿天大亮了，上班的、上学的，各种车辆人群，这路面不知会堵成什么样了。还好，一个工人师傅被安排站在围挡外面，指挥着通行的车辆，防止过度拥堵。几个穿着反光背心的工人师傅还站在施工场地里，不知道是加了一夜班仍在工作岗位继续奋战，还是已经换班了，因为戴着安全帽，看不清正脸。但不管是换没换人，都是够辛苦的。加夜班的就算是夜里能休息，也只能席地而坐，而且凌晨时分还挺冷的，尽管已经是初夏；一大早赶来上班的，估计连早饭还没顾上吃吧，因为卖早餐的还没出摊呢。

我没有看到围挡内的他们有片刻休息，都是一直站在那里，不是商量怎么解决问题，就是忙于施工。这样的工作环境，这么大的劳动强度，不是我们这些普通人能够承受的。但他们在围挡里，就这么默默工作着，忍受着夜晚的困倦、凌晨的寒冷，辛苦地为市民服务。等到窨井渗水的问题解决了，他们又要转战到下一个施工场地，开始下一项艰苦的工作。而我们走在宽敞的路面上，却没人知道这宽敞路面的背后是谁人的付出。

这应该只是一个城市一个夜晚的一个角落吧，在我看不见的许多个城市许多个夜晚的许多个角落，一定还有众多像他们一样的普通劳动者，默默为城市奉献着，悄悄为人们忙碌着，他们是城市的无名英雄，为他们点赞！

2021.05.07

戊暌集

最美的微笑

今天是世界微笑日,我见到了最美的微笑。

周末晚上,我依照惯例到秋林公司一楼的食街吃饭。这里人满为患,找个就餐的座位都难,有人吃完起身,等待就餐的人才能坐下,且桌上往往留下餐具杯盘等一应杂物等待清洁工前来收拾。可偌大的食街只有两个清洁工推着餐具回收车不停地收这个擦那个,委实忙不过来。

我和儿子好不容易等到一张两个座位的空桌子,等了几分钟,清洁工大婶推着回收车来了。几乎每个周末在食街都会看到她忙碌的身影,只见她快速把餐桌上的餐具放入回收车的回收柜,将残羹剩饭倒入垃圾袋,然后麻利地擦桌子,再转到下一张餐桌。今天气温骤然升高,商场里却没有开空调,我看见她的额头渗出了细密的汗珠,头发都有些湿漉漉的了。

"每次见你,都这么忙啊!"我跟她打招呼——每周都来,彼此都有些认识了。

"是啊,天天如此。"她一边回应我,一边忙着干活。

"可是我看你忙是忙,头发一丝不乱,衣服干净整齐,精神状态好得很啊!"我由衷地夸赞她。

"谢谢,谢谢!"听到我如此的赞扬,她的脸笑成了一朵花,"这是我在这里工作这么长时间,第一次有人夸奖我呢!"她说着,笑得更开心了。

只是一句普通的、她应该得到的夸奖,却能令她如此快乐,让她露出平常工作中难得一见的灿烂笑容,可见,她是多么需要获得认可、感受尊重。

常常看到服务行业的宣传口号"微笑服务",也是行业培训的必修课,然而服务时面带笑容不是矫揉造作,也非刻意为之,应是来自内心对所从事工作的喜爱、热情与全心投入,以及在此过程中所收获的满满的幸福感。至于顾客的点赞,只是水到渠成的事情,认同感的获得也就是自然而然的了。

"微笑是心灵无声的问好,微笑是淡雅友爱的花苞",愿我们相互都能以微笑相待,让世界充满和谐与美好。

2021.05.08

人生若只如初见

几天前忽闻一高中同学离婚了,而且很快又结婚了,我不仅诧异,而且有些想不明白,甚至对自己的感情观都产生了一些怀疑。

我诧异的是,他的婚姻持续了至少到了银婚的年头了——因为是大学一毕业就结婚,没几年就有了孩子,如今孩子都读研究生了,怎么就过不下去了呢?

我想不明白的是,每次聚会他当着我们一众同学的面接夫人(现在是前妻了)电话,都是在撒狗粮,不仅用夫人名字里的一个字叠成双字称呼对方,而且整个通话过程语气都极尽温柔,且几十年如一日地都是这个范儿,听得我们这些吃瓜群众只有羡慕嫉妒恨的份儿。没听说他们吵过、打过、闹过,也没听说过各自有任何绯闻,怎么就分道扬镳了呢?

于是我对感情观开始产生了一些怀疑:情比金坚、历久弥坚究竟是现实中存在的真事还是只在文学作品中才有可能出现的场景?当初的一旦拥有、别无所求难道只是为了完成婚礼上宣读誓词的任务而说出口的吗?还是早已同床异梦、各怀心事,婚姻脆弱到只要有了一星引爆这窒息牢笼的火花,便立刻土崩瓦解？

也许真的像台湾诗人余光中在《记忆像铁轨一样长》中所说的那样："说是人生无常，却也是人生之常。"人世间的分分合合也见得多了，更不用说在这日渐纷繁忙碌的世界中，行色匆匆急着赶路、时刻忧心生计的现代人，谁又会为一段微如尘埃的感情劳心费神呢？纵是有当初"金风玉露一相逢，便胜却人间无数"的一见钟情，又怎抵得过"于无声处听惊雷"的倏然变故？

所以就有了"人生若只如初见"的感慨，那时的美好是金不换，是玉不移，是"天若有情天亦老"的海誓山盟，是"在天愿作比翼鸟，在地愿为连理枝"的铮铮誓言，是"曾经沧海难为水，除却巫山不是云"的刻骨铭心。只是，许诺的一对人儿却很少想到今后的日子不测风云、阴晴圆缺，吐出誓言只是几分钟的事情，坚守誓言却有可能在星河流转、宇宙变换的滚滚红尘中磨蚀缺角，随海枯、随石烂，也未可知啊！

即便开始了下一段婚姻吧，谁又能够笃定这段感情的归宿就会有个美好的结局呢？也同样是溯洄从之，道阻且长，正如日本作家渡边淳一在他的《失乐园》中所说："所失何乐，所得何乐。"作品中所描写的男女主角之所以最后殉情而死，也是因为担心两人结束各自的婚姻再组成新的家庭时，又会重蹈之前的覆辙，所以才选择走上了一条不归路。

不妨说，爱情像酒，浓烈、畅快，让人沉醉，使人迷恋，更令人有深陷其中、难以自拔之感；而婚姻更像茶，清冽、甘苦，让人清醒，使人理性，更令人有历尽千帆、回味无穷之情。遇到一份爱，是幸运；坚守一段情，是幸福。初见是天意，再见是缘分，年年见、月月见、天天见就是有情了。还是范成大在《车遥遥篇》中写得好："愿我如星君如月，夜夜流光相皎洁。"彼时，就是人生永如初见了。

2021.10.15

小大人综合征

在网上看到一篇文章，主题是关于小大人综合征的，我深有感触。

这种"病症"并非医学上的疾病，只是一种普遍存在的人际关系状态以及应激反应，大概率应该归于心理学研究的范畴。它指的是小孩子在日常生活中表现出不符合自身年龄特点的、类似大人般懂事的言行，这些言行体现出的是宽容、忍耐、压抑等一些与幼童生理和心理极不相符的特点，却往往赢得周围成人群体的交口称赞，至少也是内心暗暗赞许。

例如，上小学的孩子放学后想吃肯德基套餐却不好向身为快递员的父亲开口，父亲于是顺水推舟大谈自己挣钱如何辛苦、上有老下有小的生活负担有多重、钱要如何省着花才能在城里生存下去，孩子不等听完就说自己不吃了，说本来这就是垃圾食品。父亲于是大为高兴，摸着孩子的头想着他怎么养了一个这么懂事的娃，自己又是一个多么称职的父亲。

殊不知，孩子的懂事是被逼无奈之举，在威严且掌握自己经济命脉的父亲面前，除了委曲求全地隐忍服从，别无他法。于是，在他的成长过程中，隐忍服从会逐渐成为一种习惯，为别人考虑也会变成自觉的行为，更为严重的是他很少也很难表达出自己的真实想法，即使未来他有能力支配自己的收入时，也会犹豫不决、瞻前顾后，患上选择困难症。而一旦与他人在一起，他首先一定是替别人着想，总是把自己排在最后。

这就是典型的小大人综合征。在几乎所有成年人眼中，家有这样的儿女都是值得庆幸的事情。懂事、听话，从不违拗大人的意思，让家长省心，让老师放心。我在成人之前就是深患此症的典型。幼时生活困难，一块一毛八分钱的老式月饼，分成四份，我和哥哥每次只能吃四分之一，再想吃爸妈就会说吃多了会闹肚子之类的话；雪糕永远只能买三分钱一根的，五分钱的奶油雪糕被父母告知还不如三分钱的甜，以至于当我把此话转达给其他伙伴后，遭来他们的好一阵嘲笑。高中时分文理科，父亲的"学文科没出息""学文科找不到工作"的口头禅将我的文学天赋以及想发展文科特长的梦想击得粉碎，我甚至都没有表达自己想法的机会，就默许了他替我做的选择，结果是他很满意我学了理科，而我却是高考失利，从头再来。大学毕业后我如父母所愿回到他们身边工作，我不甚满意，但毕竟是在体制内工作，无后顾之忧，也就勉强接受了。不久他们托人给我介绍对象，我虽百般不情愿，却也见了几个。自然是都不满意，父亲偏要我说出拒绝对方的理由，否则就勒令我与人家谈恋爱。我如果乖乖听话，他又会十分高兴，然而这次我没有再陷于小大人综合征——当然这要感谢我的老公，以及我还没有熄灭的追求梦想的火花，我离开了促使我发病的病源和环境，开始了自己做主的新生活。

于是我在对自己孩子的教育中，几乎所有事情都让他自己拿主意，做决定，只是在有原则性偏差的时候，帮他把关。所以他从小就立下自己未来的专业志向，而最终也走上了这条道路。他对吃、穿没有太大兴趣，偶尔会要求我们给他买名牌，但也都在我们经济允许范围之内，而他也没有觉得自己在别人面前寒酸。唯独乐高一直是他从小到大的爱好，大大小小买了不少，然而他也只喜欢其中的一两个系列，并非拿来主义。近一年来他迷上了日本动漫，自费学日语，参加日语考试，我们在能力范围内支持他，他也感觉自由自在，学玩结合，倒也舒服惬意。考虑问题时，他会把自己排在第一位，但也常常为我们着想，尽量把握好其中的平衡点。尤其是当我回到年迈的父母身边，又开始迫不得已重蹈小大人综合征的覆辙，违心地听命于父母时，他会站出来为我主持公道。老人们觉得他不似小时候听话，甚至有些忤逆，而我却甚感欣慰，欣慰于他没有被囿于小大人综合征的藩篱——要知道，幼年时他可是离开我，和我父母在一起生活了整整三年啊！

心怀善意，为他人着想，是一种美德，值得褒扬，然而只为他人着想，永远把别人放在前面，把自己放在最后考虑，那就是过犹不及。因为爱别人的前提是先要爱自己，只有自爱，把自己当回事，别人才能把你当回事。我们每个人都是独立的个体，不是任何人的附属品，也不应无条件地听命于他人的摆布。父母的恩情当尽力回报，但回报的方式不是违背心意地无条件服从，尤其是当这种回报需要以牺牲自己的人生理想为代价时，就要坚决拒绝。父母可能一时接受不了，但日后当你实现理想之时，他们自会理解你的选择——因为只要你能过得好，他们自然会欢欢喜喜放下心来。而如果陷于小大人综合征的怪圈里走不出来，即使对父母言听计从，然而却生活不如意、整日闷闷不乐，此时的他们，不仅不会记着你乖乖听话的好，反而会骂你没有主见、太窝囊了。

2021.10.21

"绑架"

老爸驾鹤西去，留下老妈一人。

葬礼上，各路亲朋好友无一不劝老妈，或到我哥那里或来我这里，不要一个人空巢独居，老妈都只是淡淡回答一句：暂时哪儿也不去。更有长辈训诫我，嘱咐我一定要将老妈接至身边，照顾饮食起居等方方面面，我就说：看老人家自己的意思吧。

没有人愿意承受孤独的痛苦，尤其是对于已年届八十、身体状况不佳的老妈而言。然而我理解的是，她之所以不愿意到我们儿女所在的城市来（哪怕不在一个屋檐底下），是不愿意成为我们的负担。

老妈自小就离开父母与祖父母生活在一起，在大家族里养成了独立要强的性格，凡事能自己做的绝不麻烦别人，能自己扛的也从不对他人言说。年少读书时她成绩优秀，却因为家贫只能将升高中考大学的机会留给舅舅，最终选择上卫校也是她自己的决定。卫校毕业后即按月给父母寄钱，并帮衬弟弟妹妹一个个走出了农村。这期间，她从没抱怨过生活多苦多累、负担多沉多重。及至后来成家，生孩子、调动工作、和老爸一起抚养我们兄妹二人长大，都是勤俭持家、任劳任怨。再后来，我哥和我相继结婚生子，她也退休了，又帮我们把孩子带大，也从没听她埋怨过一句带孩子的辛苦。她身体不好，中年时做过两次大手术，血脂偏高，总感觉头晕，需长年吃药，但我们不问，她也从来不主动述说自己的病情。我总觉得，她就是不希望周围人把她当成一个七老八十不中用的人，更不想成为儿女的负担，所以才没有在老爸走后，选择与我们生活在一起。

作为儿女，是理所应当让老妈跟着我们的。老爸不在了，一定要把老妈照顾好，这也是亲戚们极力主张老太太与我们生活在一起的理由。道理是没错的，然而，如果不了解老人的心意而忤逆了她本人的意愿，算不算是一种亲情绑架或者道德绑架呢？老妈一人孤苦伶仃，理应与儿女生活在一起，如果一人独守老家，在旁人眼里，有可能会认为儿女不孝，不愿意尽赡养义务。然而，如果探访老人的心声，他们就真的愿意和儿女生活在一起吗？观念的差异、生活习惯的不同、朋友圈的重建等等，都有可能让他们对新的生活环境产生畏惧心理甚至抗拒情绪，即使勉强跟儿女在一起生活了，也可能会因为各种不适应而心情郁闷。难道为了满足旁人的"绑架"情结就要勉为其难地在一个陌生的环境里开启陌生的生活吗？这对老人是不公平的，因为这样做的结果未必是让他们颐养天年，反而会让他们心情沮丧也未可知。

当然，老妈还是会到我们身边来的，在我们仍然像从前那样把她当作那个睿智、独立、雷厉风行、坚强果敢的母亲，而不是时时要人搀扶、事事都需照顾的老太太时，她自然会愿意与我们共享天伦之乐。

2021.12.10

父亲二三事

炸带鱼

下班路过家门口的超市,带鱼在打折,质量不错,价格便宜,于是我买了一些拎回家。

在家中蹲在厨房地板上收拾带鱼的时候,忽然想起小时候看父亲收拾带鱼的场景,眼泪立刻湿了眼眶。

那时候住平房,带鱼也便宜,一块钱三斤,能炸一大盆,够全家吃一个星期的。每次买回带鱼,父亲总是蹲在房前的空地上,一条条地收拾,开膛、拉出内脏、剪掉鱼头、鱼鳍、鱼尾,我总是蹲在他旁边,看他一遍遍地重复相同的动作,也不时地问问如何操作,他也总是不厌其烦地告诉我清理带鱼的细节和注意事项。带鱼收拾好以后,他再拿到公共水池那里清洗干净,然后拿回家腌制、烹炸,炸的时候也会告诉我如何掌握好火候,炸好了总是让我和哥先吃上几块。炸鱼剩下的油父亲舍不得倒掉,他会盛在一个碗里(我至今还记得那个碗是一个对虾图案的小碗,碗沿上有一个碰破的小缺口,吃饭是不用的),平常炒菜的时候每次用一点直到用完。

一直到他今年夏天生病住院手术前，每年我从老家返回西安，临行前他都要炸上一大盘带鱼让我带上，每次我都对他说："我小时候就看会了带鱼的整个制作过程了，你不要费事炸了，我回西安自己买了炸。"他也每次都回应说："我给你炸好了，省得你回去了费事又买又炸，再被烫了就不好了（我从小到大屡次被烫伤，他一直有这份担心呢）。"如今父亲离我而去，我再也吃不上他给我炸的带鱼了，只能默默伤心流泪。

擀面条

陕西人爱吃面，街上各种面馆林林总总、不一而足。也常看到师傅在操作间擀面，每当此时，总会想起小时候见过的父亲擀面的场景，总觉得那些受过专业训练的师傅擀面的动作怎么都比不上父亲擀面的动作那么专业（其实父亲从未学过烹饪），擀出的面条的味道也比父亲擀的差远了。

父亲祖籍江苏，据他说小时候因为家贫，面条是逢年过节或者待客才能吃得上的，平常吃得最多的是红薯干稀饭，因为自家地里就种的有红薯。后来在北方工作，入乡随俗，面食吃得多了，也常擀面条吃，那时候除了挂面，还没有卖擀好的现成面条的店铺，就算有，也是舍不得买的。

父亲擀面条通常是在下班之后的傍晚时分，夕阳照进小厨房的门口，面板就搭在门边炉灶旁边的台子上，舀面、和面、揉面，父亲熟练地做完这一切，然后拿着一根一米长的擀面杖，呼呼呼地擀起面来，因为力气使用恰当，瘦弱的身躯倒并不显得吃力。不一会儿面擀好了，他又把圆形的大面饼一层层叠起来，拿起菜刀，嚓嚓嚓嚓地将面饼切成或宽或窄的面条，切好之后再把面条抖开，摊在面板上，打开灶门，烧火，趁这工夫去择菜、洗菜、切菜，准备吃面的各种调料。一切备置妥当了，煤火也烧起来了，于是炒菜，烧水下面，很快一碗热气腾腾的汤面就端上桌了。

面条的味道我现在已经记不清楚了，但四十多年了，父亲擀面条的样子我始终没有忘记。每次他擀面条，我都会站在厨房门口的案板旁边，看着他熟练地和面、擀面、切面、抖面、下面，还时常疑惑那一块面团怎么没一会儿在他的手里就变成细细的面条了。有时我也想尝试一下，父亲却总是阻止我上手，说是怕我操作不好切到手，又嘱咐我离案板远些，小心沾上面粉，母亲下班回来看见又要骂我了，等等。

父亲去世后，我的脑海里几乎每天都会浮现出这样一幅画面：夕阳西下的傍晚，父亲在擀面，年幼的女儿站在一旁，父女俩有说有笑，两人的脸上都映射着夕阳的余晖……现在想想，我之所以最爱一天中夕阳西下的傍晚时分，总有"一日可爱唯夕阳"的感觉，应该就是这幅画面带给我的无限温暖、亲情和爱。

我没有跟父亲学会擀面条，原因是他总怕我切面时伤了手指，直到我已经成人他还是坚持不让我擀面。此刻忽然很想平生第一次给父亲擀一碗面条，作为他养育我这么多年的一丝丝回馈（其实根本谈不上回馈）。然而斯人已去，心愿难了，唯有留下终生遗憾。写到此，我的眼泪又下来了。

回家

在老家给父亲办后事的一个星期里，总会进出家属院的大门，每次经过，看到出出进进的车辆，就会想起每年过年回家时，父亲、母亲站在这里等候我们的情景，就会忍不住潸然泪下。

老家的家属院管理严格，外埠车辆没有通行证一律不得入内。自买车至今十几个年头过去了，每年过年回家，都是父亲提前办好通行证，然后在我们当天到达家属院门口的时候，将通行证交给我们，然后再坐上车一起开进院子。

记得有一年过年回家时下大雪，路滑难走，原本五个多小时的车程我们整整开了十个小时。除了出发时接到父亲叮嘱我们注意安全的电话，一路上父亲没再给我们打电话。下高速的时候，我给父亲打了电话。车离家属院门口还有几十米距离的时候，远远地就看见他和母亲站在大门外的路边，满头满身都是雪。我的眼泪当时就下来了。见了面，我说："不是说了让你们别这么早出来吗，下这么大的雪。"他们说："一直担心你们一路上是否安全，想打电话又怕你们分神不能专注开车，可是待在家里实在坐卧不安，不如早点出来迎迎你们。"晚上回去二老都有点咳嗽、流鼻涕，我说："让你们别那么早出来，你们偏不听，感冒了吧。"他们竟还笑着说："只要你们能平安到家，这算什么啊。"

又快过年了,家属院门口却再也见不到父亲翘首张望我们的身影了。呜呼哀哉,人生之大悲痛莫过于此了吧!子欲养而亲不待,我体会到了。

2021.12.21

认同感（二）

老公的外甥从初三开始离开家乡到外地读书，彼时大姑姐（外甥的妈妈）还差一年退休，于是从老家找了个亲戚陪读，一直陪到外甥上了高中。高中第一年孩子住校，周末大姑姐、大姑姐夫从老家过来陪他。第二年，大姑姐夫嫌学校质量差，费了很大劲给孩子转到了一所教学质量比较好的学校，但这所学校不提供住宿，所以又需要陪读。刚好此时大姑姐也退休了，家里亲戚都觉得她来陪读天经地义，可她却不想来。但孩子马上面临高考，当妈的不来，其他人来都不合适，她也就极不情愿地来了。每当熟人问她为啥不想来陪读，她总是支支吾吾地说，来大城市人生地不熟悉，怕这怕那等不着边际也根本不是理由的理由，弄得一众亲戚熟人丈二和尚摸不着头脑。

我却觉得，她不想来陪读是舍不得丢下她刚刚获得所以倍加珍惜的认同感。

大姑姐是个平凡得不能再平凡的普通人，从小到大一直生活在弟弟（我老公）优秀的阴影之下，生来长相平平，上学成绩平平，工作表现平平，本来就有些重男轻女思想的公公把她与儿子比较之后，更是有点失望于她的平凡，甚至常常当着家人的面在言语中表现出来。然而退休后，她却一改以往五十年的平凡，展露出不为外人熟悉的一面。在老年大学，她是合唱队的领唱，大家都夸她唱得好；她还是老年健美操队的骨干，每次表演都站在 C 位；因为年轻，单位退休办每每搞活动总是首先想到她，她有了各种出风头的机会。甚至在她迫不得已到外地陪读时，之前不少在一起活动的老年人都在打听她的去向，她已俨然成了众人瞩目的焦点。

我想，就是在这样一种氛围中，大姑姐找到了她过去五十年人生中几乎从未获得过的认同感，其实就是她社会属性的体现。不得不承认，人是群体动物，没有哪个人不是从他人那里获得对自身价值的认同的，所以才有了"士为知己者死，女为悦己者容"的说法；所以普世的价值观是"衣锦还乡"，而不是"锦衣夜行"。优秀也好，出色也罢，都是其他人对这个人的评价，有了这一评价，原本就有精气神的人会更加神采飞扬，原本一潭死水的人会如鲤鱼打挺般一跃而起。一旦得到了他人的认同，便会陶醉其中、难以割舍，更何况这么多年沉寂之后，终于有了展现自己的机会呢？

所以就理解了高更为何会抛妻弃子，跑到远离尘嚣的小岛上去追求理想，他一定也是希望别人认可他的画作吧。人，总还是要有些支撑自己活在这世上的理由的，我以为认同感算是一个。

2022.03.31

戚暖集

填空

大学毕业时照毕业像,学院领导和老师坐前排,学生站后面。那天排好座位站好队后,摄影师发现前排边上空了一个座位,而我又刚好站在座位的后面,于是就把我拉下来坐在了座位上,和一众领导、老师们坐在了一起。照片洗出来以后,同学们都很羡慕我,我自己也觉得挺自豪,能和众多仰慕已久的老师坐在一起,啥时候看到照片都感觉美得不得了呢。

可现在回想起来,其实当时的我不过就是个填空的,换了谁站在我那个位置,也会被拉下来坐下填那个空的,否则就会影响相片构图的效果。

填空是必须的,尽管有时只是临时决定,但常常发挥着堵枪眼的作用,甚至比原计划的效果更好也未可知,所谓临危受命说的也正是这个意思。英国女王伊丽莎白二世继承王位时只有二十几岁,且是在接到父亲病危通知时匆匆从国外赶回承袭王冠,尽管她自己一直慨叹父亲为何不为她生个兄弟,以让她解脱继承王位之苦,免去填补王位空缺之累,然而将近七十年执掌权杖生涯过去,已年届百岁的她却丝毫没有退位之意。当然自她戴上王冠那日起,大不列颠王国一直政局稳定,民心和顺，她作为一国之君也能称得上是治理有方了。然而此填空与国家命运相连，绝非只是弥补空缺之简单操作可与之匹敌的。

然而在感情的世界里，填空可就完全是另外一个意思了。失恋状态的人在难以忍受孤独、寂寞时很容易随便抓个感情寄托来填空，而这被临时找来填空的人如果毫不知情，就很容易在当时或者事后受到伤害。即使是在正常的恋爱状态或者婚姻状态中，也难免会出现填空的情况，尤其是恋爱中的异地恋情，每天的微信、电话有时都难抵现实生活中的一个眼神、一次身体的触碰，因为那才是真实的存在，而远在天边的那个他（她）能看得到、听得见却无法触及，总不及随时能抓住的来得真切。又或者是平淡的婚姻让人生出索然无味之感，找个人来填补一下激情刺激的空缺，也不失为给生活增添色彩的一个好方法。于是就有了婚内出轨、婚外情、三角恋、劈腿等众多填补感情空缺的事件，于是又生发出诸多的爱恨情仇、纠结痛苦、犹豫彷徨、决绝离别，真的是一把辛酸泪，演绎了多少人世间的悲欢离合、惆怅遗恨啊！

细想起来，当今信息发达的时代、瞬息万变的社会，能产生"金风玉露一相逢，便胜却人间无数"情状的不在少数，然而如杜丽娘般"情不知所起，一往而深"者恐再难出现了，因再无似她整日困于闺阁中人，只靠几本言情小说幻想自己的梦中情人，谋面后遂认定非此人不可托付终身；也更没有梁祝投身化蝶之义举，他们的相知相识只在书斋那狭小的一隅，才会暗生情愫、别无他想。而如今之社会，别说天上飞的、地上跑的交通工具可一日千里、纵横五岳，就是足不出户，也可尽览天下，看得多了，听得多了，经历得多了，自然不愿专注于一种生活状态，总要把个人生活充实得五光十色，才觉得不枉此生，于是生活中的空白随时都要填补起来，如此才称得上是此生无憾。是故现代人强调专一、诚信大抵也缘于此吧。

细看毕业照上的我，几十年后，在老师、同学中依然笑得灿烂，而且一直坐在那里岿然不动，其实那就是我的位置——如今也坐在前排送走了N届毕业生了。是冥冥之中就有定数吗，也未可知。填空未必都是坏事，但这个空一定要填得准确、填得值得、填得有意义，才算得上是物尽其才、人尽其用了吧。

2022.05.09

之一 or 唯一

但凡异性交往，各自都希望自己成为对方的唯一，没有人愿意成为对方的"之一"。

然而往往事与愿违，真正能成为对方唯一的寥寥无几，绝大多数仅是对方的"之一"。

恋爱时你侬我侬、形影不离、一日不见如隔三秋。结婚时海誓山盟、海枯石烂、我的眼里只有你。然而婚后日子不长就兴趣索然、相对无语、横挑鼻子竖挑眼，继而另寻新欢、重觅新爱，开启人生第二春的屡见不鲜。

是变心使然吗？未必，外面尽管彩旗飘飘，家里红旗却依然不倒。喜新却不厌旧，或者说厌旧却不弃旧的并不少见。多少后院起火的案例一旦东窗事发，男主角往往并不愿意离婚甚至坚持维系家庭——尽管他对发妻可能已无夫妻感情，而这种保全家庭并非为了孩子，也并非他对家庭有多少责任感，他想的只是维持现状就好，因为他不像女主角那么看重感情——毕竟女人更加感性，恰如电影《尼罗河上的惨案》中大侦探波洛所言：女人的一生就是希望有人爱她。

女人一旦步入婚姻，在感情上便会将全部身心交与丈夫和孩子，将他们视为情感唯一的安置所在。当然，她也希望丈夫视她为感情寄托的唯一。然而也许男人真的是永远也长不大的孩子，他们的玩心太重，探索欲、好奇心太强，实现人生理想的信念又不断激励着他们向着自己的目标努力，况且男主外女主内的传统观念让他们有更多时间游骋于家庭之外，有了更多结识红颜知己的空间；稳步上升的事业又给了他们更加坚实的、使心仪对象委身于自己的机会。于是就有了情感归属的之一又之一，好像旅途中的一个个驿站，不舒服的住一晚即退房离去以后再不来了，住得安逸的以后还会再来，甚至长包也极有可能。而原来承诺过家里唯一的那个爱人呢？此时也成了"之一"。其实男主并未变心，因为家是唯一的，只是感情的归宿却不唯一——谁让这世界如此精彩，这边的风景也不是独好了呢？

人生得一知己足矣，最好的结局当然是知己成了终身伴侣，相携一生。然而又有多少婚姻是由知己而成伴侣的呢？太多感情之外的因素决定了婚姻的状态，双方家庭、各自收入、未来发展、社会关系，等等，都是要首先考虑能否成为结婚对象的因素。三观是否相合、志趣爱好是否相投、家庭观念是否一致，倒是想的不是那么多。"各方面都挺合适，那就结婚呗"，这是家里老人和介绍人的美好愿望，既然大家都反复叨念，那就遂了大家的心愿，成就一桩美事吧。婚礼上自然是处处"唯一"的承诺，然而过起日子来渐渐地就成了"之一"了。

所以，情感归宿的选择要慎重，一旦选定，就要坚守"唯一"，否则，不如在"之一"的世界里擦亮眼睛，认准目标再射出丘比特之箭，才可成就一生的"唯一"啊。

2022.05.29

读着报纸长大的一代

两年前的一天,我从楼下的报箱取了当天的报纸,边看边上楼。楼上的邻居从我身边经过,看我低头看报,甩出一句:这年头还有人看纸媒?我笑笑没搭话,心里却大喊:怎么没有?我不就是一个!

我爱看纸媒,因为我是读着报纸长大的一代。

我读的第一份报纸是我爸给我和我哥订的《中国少年报》,那是学校号召订的,上面不仅有爱国教育的内容,也有不少学习方面的知识,我记得从一年级到三年级一直是这份报纸陪伴着我长大的。三年级时我爸给我换了《儿童时代》杂志,五年级时又换了《少年文艺》杂志,《中国少年报》不再订了,可是为了让已经上初中的哥哥学好语文,我爸又给他订了《语文报》,每次他看完了,我也都会从头读到尾,上面的一些好作文常常令我叹服不已,从中也学到了不少写作的知识。后来哥哥上高中,除了《语文报》,我爸又订了《作文通讯》杂志,上面精选的是全国十三所重点中学的优秀学生作文,通过阅读上面的佳作,我们兄妹俩的写作水平又提高了不少。

后来哥哥上了大学,我上了初中,爸爸认为我的语文水平不错，而数理化相对薄弱，不再给我订语文方面的报纸杂志，转而给我订了《中学生数理化》杂志，让我认真阅读，加强数理化学习。而我对这类杂志的兴趣远没有语文类的那么强烈，基本上没怎么看过上面的习题精讲，反而缠着老爸让他订了《读者》（其时还叫《读者文摘》）杂志，那两三年，从《读者》众多的精粹美文中，我体会到了人性之美、自然之美、世界之美，感受到了规范作文之外不一样的写作思路与思考方法，写作水平得到了进一步的提升。

高中住校，老爸为了让我集中精力学习备战高考，不再给我订任何报纸杂志，学校封闭式的管理让我与外界信息的沟通变得不如从前那么通畅。庆幸的是学校给每个班订了一份《中国青年报》，每次报纸发到班里，总是先被喜欢纵论国事的男生一睹为快，而女生中除了我，没有人对这份报纸感兴趣。而我每次都是瞅着那份已经被男生们看完、揉得皱皱巴巴扔在后排没人坐的座位（那个位子经常是班主任来监督听课坐的）上的报纸，偷偷把它拿走，然后在中午教室里没人时才放心大胆、"大快朵颐"地一口气把它读完，然后再悄悄把它放回那个座位上去。因为班里其他女生没有一个人读报，我不想被她们说成另类，只能这么偷偷地看报，那三年就是这样读了不少份《中国青年报》，增长了阅历，开阔了视野，提升了境界。这阶段看杂志不多，用节省下来的有限的零花钱买过几本《青年一代》，这是出版地在上海的杂志。通过这本杂志，我了解了很多改革开放初期中国最发达城市的一些信息，感悟到了另一种生活状态。之所以选择这本杂志，是因为小学时妈妈单位的一个同事（上海人）订了《新民晚报》，他退休后总让妈妈帮他代取报纸，报纸常常在下午快下班时送到单位，妈妈怕弄丢，晚上就先带回家，第二天再带去让那个同事来取。那我自然是先睹为快，这样的读报时光也持续了一年多，了解了很多上海的市井百态、社会生活，所以对大都市生活的探求之心就一直延续到了高中。

上大学时我没有专门以哪一类报纸为主去阅读，但因为在校园广播电台工作的缘故，每周都要编辑播出一期节目，所以要去图书馆的报纸阅览室和期刊阅览室查阅资料，有国际、国内时事的，也有文艺体育的，所以各类报纸也看了不少，算是把读报的生涯延续了下来。

读研时我已结婚成家，紧张的学习之余总觉得缺少点什么，直到路遇一位送报的师傅，才意识到貌似好久没有读报了。于是立刻订了一份西安当地很火的《华商报》，算起来至今已经订了二十多年了。这份报纸陪伴我从一个西安的客家人变成了地道的老陕，对于关中的文化从完全陌生到渐渐熟悉再到融入其中，从二人世界到三口之家到如今孩子已进入大学。《华商报》见证着西安这座城市的变迁，见证着我们这个家庭的变化，也见证着我们这个家里每个人的成长。那一行行文字书写的其实不正是我们每一个西安人的成长史吗？

如今电子媒体如日中天，大有取代纸媒之势，读纸媒的人少了，纸媒的销量也减了不少。而我却仍然热衷于阅读纸媒，订报的习惯始终没改。与其说是保持这份习惯，不如说是要把这份成长延续下去。谁说人到中年就不需要成长了？一万年太久，只争朝夕。成长过程中美好的记忆总是要有些实在的东西支撑并将之留住的。所以我还是要读报，还是要继续做读着报纸长大的一代。

2022.06.05

朋友圈——人生的另一战场？

半个月前,《中国青年报》的微信公众号《夜思》栏目刊登了一篇文章,题目我记不清了,主题是说微信朋友圈会泄露发布者的情绪和心态,甚至会将发布者人性中不愿为外人知晓的一面在不自觉中暴露出来。

我深以为然。

有些人比较直接,有一说一,外面的世界、自己的生活、大道消息小道消息,只要有想法,不管是赞美还是吐槽,都尽情直抒胸臆,因为一件事情能连续发好几条朋友圈,甚至连续好几天发朋友圈,丝毫不在意看的人怎么想(此类型年轻人居多,身为高校老师的我对此深有感触);有些人就比较含蓄,要么从来不发朋友圈,要么极少发朋友圈,要么就是发了朋友圈,没过一会儿就又删掉,这类人或者是职业特殊敏感不便发朋友圈,或者是做人小心谨慎,总怕发了朋友圈会给自己带来这样那样的麻烦。

我发现,朋友圈是人生的另一战场。

俗话说,商场如战场,职场如战场,凡是在社会上摸爬滚打的人无不领教过其中的硝烟弥漫、剑拔弩张,丝毫不亚于战争年代的炮火纷飞。然而，朋友圈的明争暗斗、唇枪舌剑我才刚刚开始知晓，有种说不清的如鲠在喉的感觉。

几天前，一大学同学在一天之中连续发了五六个朋友圈，每次都引用了某位作家的一段话，暗指自己遭小人陷害，吐露自己的气愤和郁闷之情。这位同学平时就爱发朋友圈，几乎天天发，内容无非是所见之景、所感之事，虽有些许造作，但也感无伤大雅，而且所有内容都充满了正能量，从来没见她在朋友圈吐过槽、抨击过什么。她是属于那种心宽体胖之人，大学时我与她交集不算太多，人虽有些大大咧咧，但确是一个与人为善、心胸宽广之人。这次连续吐槽，似乎受了很大委屈似的。

于是我就在她当天发了第六遍朋友圈之后给她留言，一方面问她怎么了，一方面安慰她想开。她回复我说有点小事，但没什么，感谢我关心。我想这事就算过去了，再说都到知天命的年龄了，还有啥想不开的，无非是工作上利益纷争引发的事端，都是浮云，她那么一个风轻云淡之人，吐槽吐了一天，也够了，应该不会再去计较了。

没想到第二天她又在朋友圈连续发了四五条朋友圈，主题与前一天一模一样，只不过引用作家的话换了一些，但主题仍然是吐槽。看来前一天她给我的回复只是敷衍，事情并未过去。我没再劝慰她，反而自责前一天的劝慰也许不合时宜，应该给她一个冷静期，或者叫发泄期，也可以叫恢复期，让她把胸中这口恶气吐出来才行。

第三天，她仍然炮制前两天在朋友圈的行为，还在连续吐槽，此刻的我对她的此举已经由当初的同情变成了厌恶——她这是在干什么呢？什么大不了的事情，至于在朋友圈这样的公众平台闹得不可开交吗？这和在大庭广众、众目睽睽之下争个脸红脖子粗有何区别呢？况且，如果是针对某个人的，为啥不单独给那人发微信理论，非要在朋友圈口无遮拦，她针对的那人又知道这一切吗？

第四天，恰逢周末，儿子从学校回来，为我解开了这道谜题。他说，这是她在与某人暗中互怼，而他们的争吵就是要让尽可能多的人知道，所以才选择了朋友圈。此人应该是她工作中经常接触的人，明争对双方都是有百害而无一利的，暗斗也只能两败俱伤，所以选择朋友圈，隐晦出招，双方都清楚剑锋所指，却都不说破，旁观者中知情的也知道怎么回事，但隐语只能猜测，不足为证，不知情的（如我之人）貌似知道一点，却丈二和尚，一头雾水。

清楚端倪之后，我倒是对这位同学多了几分同情，不是同情她可能遭受的不公平待遇，而是同情她精神世界的可怜和可悲。她平日伪装的对生活的热爱与释然的面具，因为一件不足挂齿的小事就被完全撕开了。

平日里满眼看去，她的朋友圈几乎都是或早晚或周末徜徉于大自然美景之中的怡然自得之情，有花花草草、小小生灵可爱形态的瞬间，还有和家人享受天伦之乐的美好时光。这么一个热爱生活之人，很难与小肚鸡肠联系在一起。然而，现实面前，这些怡情怡性的高雅之举倏然间被利益的纷争击得粉碎，人性自我、狭隘、短视的一面显露无遗。

当然，世间多是俗人，不可能要求每个人的格局都像"鸡汤"里说得那么大。然而，就算是格局有限，哪怕只有针鼻儿那么大一点儿，那把这么点儿格局装在自己心里就好了，何必非要在一众亲朋好友间把这点儿格局秀出来，不是露怯呢吗！不过现今讲个性，就是要把真实的一面展示出来，可至少在我这里，我就把她看扁了，更何况还有众多和我一样读过许多文史哲著作的我和她共同的大学同学呢？大家会怎么看她？唉！

同学在朋友圈的战争持续了三天半，第四天终于偃旗息鼓了。不知道最终的赢家是谁，但不管输赢，互怼的双方估计心里都不好受。与其劳心费神大半夜的还在朋友圈吐槽，不如在夜色未央郁郁难眠之时，仰望星空，看星汉西流，望牵牛织女——想想人家恩爱夫妻一年才能举家团圆一次，咱们每日小康生活过得滋润满足，又何必庸人自扰、大动干戈，与不值得的人和事一战高下，拼个遍体鳞伤呢？此时，确是需要一点苏轼的"明月清风我"的胸怀呢。

2022.06.18

戍暖集

伙伴

在儿子从小到大的成长过程中，因为工作、家庭难以兼顾，我一直很想辞职做全职妈妈，这样既能很好地照顾孩子，自己也不至于过度劳累。然而每次征询儿子的意见时，他都坚决不同意我的这个想法——从他几岁开始一直到高中毕业，每次问他原因，他说就是不同意，没有原因。哪怕我的身心俱疲他看在眼里，也坚决不同意我辞去工作。

起初我以为是因为我大学老师的身份，让他感觉能够在同学那里赚足面子，所以才不同意我辞职的，后来发现并非如此。一是因为我们本就生活在大学校园里，他也一直在大学的附属幼儿园、小学、中学上学，身边不乏与他同样身份的同学，这一点没什么好炫耀的，也不会成为他不同意我辞职的原因。至于我如果放弃工作之后因经济不独立而有可能在家里失去地位这样复杂的问题，他应该是还不会考虑到的，至少在他几岁时是想都不会想过的，就更不可能成为他阻止我辞职的原因了。

那是因为什么呢？

后来我才明白，其实是他不想让我放弃我喜欢做的事情。

儿子几岁的时候，常常在自己的书桌上写写画画，而我就坐在他旁边的书桌上备课、批改作业或者试卷，后来他上了小学、中学，写作业的时候，我仍然坐在他旁边工作。我时不时抬头看他一眼，看他专心学习的样子，他也会时常偷窥我工作的状态，看我专注工作的样子。我想，就是在这些年的相互陪伴、关注中，他注意到我对工作的那份认真、专注与投入，他知道那是我尽心尽力去做的事情，一定是我喜欢做的事情，就像他从小对数学的喜爱，一做起数学题就全力投入，忘了周围的一切；也似他对乐高的钟情，双手一开始拼搭那些积木，就会全神贯注、不知疲倦，非要一口气拼好才行。

所以他知道一个人对所做事情的喜爱是不容打扰的，更不会轻易放弃，如果因无论什么原因放弃了这份喜爱，做事的人该多么伤心、难过和遗憾。所以他不同意我放弃工作，放弃自己喜欢的事情，转而把全部时间投入在他身上，如果那样的话，只会让我痛苦而无奈，就如同让他放弃拼搭乐高而去学画画、学弹琴或者上其他兴趣班令他难受、无奈一样。

如今儿子已跨入大学校门，难得回家一次，我们也很难再像从前那样同桌学习和工作，然而每当我在书桌前备课或批改试卷时，偶尔还是会想起他凝视我的眼神，以及偷偷模仿我在卷子上勾勾画画的样子，令我忍俊不禁又感动不已。他一定也还记得我监督他学习时严肃的面孔，是不是也会让他在自习室学习时更专心一些呢？

我要感谢儿子，这么多年来用他的拒绝我成为全职妈妈，鼓励我一直坚持着工作，执着于这份我喜爱的工作——虽未取得多大成就，却也无愧于心。而他大概率也在我这种对工作执着精神的鼓舞下，一直为自己的理想努力奋斗着，并踏上了成功的第一级阶梯。从此意义上说，我们母子俩更像是战友、伙伴，为了各自的志趣，努力着、拼搏着，也享受着奋斗过程中的酸甜苦辣，相互支撑着、鼓励着、扶持着，为了初心的实现而踔厉奋发、笃行不怠。

心有所念，行有所为，是幸福的。年少的儿子与不再年少的我，还要执着地努力下去。

2022.06.20

报复人的最好方式

在网上一公众号上看到一篇文章,主题是:报复人的最好方式就是过得比对方好。

不以为然。

何谓比对方过得好,这是个问题。官大一级就是比对方过得好了?多挣一个亿就是比对方过得好了?还是你儿女双全而他膝下无子,你就比他过得好了?好或不好,是比较出来的,而缺乏标准的比较是无意义的,那得出的结果是好或不好自然也就不成立了。七仙女与董永身处乡野,贫苦度日,然而夫妻恩爱,守着一双儿女,也过得很好;王熙凤锦衣玉食,在大观园里八面威风、颐指气使,怎奈夫君移情别恋,她机关算尽到头来反算了卿卿性命,未尝不是失败的人生。

身居高位、家财万贯却感觉不到幸福者不在少数,平常人家、柴米油盐却天天快乐者也比比皆是。过得好与不好,个中滋味只有自己知道。即便是某一方面或某些方面比别人过得好了,那也必有不如人之处。人生难得圆满是自然规律,更何况好与不好的标准在各人心里各有一把尺子,衡量标准不同,比较的结果自然也就不同。

至于为何要报复人，无非是对方惹了你，与你结了仇，你要以牙还牙，报仇雪恨。然而他惹你到何种地步，让你能采取报复行动呢？若真是做了伤天害理、杀人越货的事情，自有公检法机构处理坏人，也无须你去报仇；而生活中的招惹，无非是名利的争夺或遭遇了不公正待遇，或影响了晋级、晋职，或影响了加薪、涨工资。这些身外之物，本就不必放在心上，又何以非去争个你死我活呢？即使争到了（不管是明争还是暗夺，抑或是经过若干时间奋斗后，在名或利上超越了那个惹了你的人，过得比他好了），又能怎样呢？你把人家当对手，人家可能根本没把你当回事。即使你已成为他的顶头上司，他对你卑躬屈膝、唯唯诺诺了，你弥平了之前所受到的屈辱，难道心里就真的平衡了吗？也未必，因为若如此，此时的你，其实已经变成了当初的他，在用压制的方式对待当初的自己。

所以根本就不要将"报复"两字装进心里，生活本就丰富多彩，不会总是你喜欢的颜色和样子，我们得学会接受不可能改变的，尽力做好自己的一份事情，进而改变能改变的，努力使自己不落于人后，用实力赢得他人的尊重和认可。无须和任何人比较谁过得更好，坚持自我，本分做人做事就行了。

"不要人夸颜色好，只留清气满乾坤"，多一些宽容，时时提醒自己放下，内心澄澈透明，眼前自然就是一片海阔天空了。

2022.06.21

一见如故，有问题吗

不知道是不是因为祖籍江苏的缘故（虽然我只在3岁的时候回过一次老家，且几乎没有任何记忆），2011年第一次去苏州，就情不自禁地爱上了这座城市，这种感觉是我对之前去过的所有城市都没有的（之后也再没有），那是一种一见如故的感觉，总觉得苏州的每一条街道、每一栋建筑、每一处景象都似曾相识，仿佛之前在哪里见过，但又想不起来。那感觉就好像《红楼梦》中宝哥哥和林妹妹初见时，宝玉见到黛玉脱口而出"这个妹妹我曾见过的"，而黛玉亦是暗想："倒好像是见过一般，何等眼熟到如此"。当时对苏州这座城市的感觉就是由一见如故瞬间进阶到了一见倾心，认定这就是我心中日思夜想、可安放身心的世外桃源。只可惜年逾不惑的我还无法洒脱到放下俗世牵累，义无反顾地留在这个理想之地，在短暂停留之后，很快我就又回到了定居已久的内陆城市——西安，继续着往日熟悉的生活。

那之后我也和周围的人多次提起对苏州的感觉，他们一方面认为南方城市本来就有许多优于北方之处，另一方面他们也对我的一见如故颇有微词，说新到一地总会有新鲜、好奇之感，但如果长期生活在那里，也就跟现在一样对很多事物见惯不怪了。

我对旁人的微词不置可否，因为我没有亲身体验过，无法得出结论一见如故是对还是错，也无法判断习惯成自然的正确与否。但我当初来到目前生活的这座城市的时候，别说没有一见如故的感觉，甚至是非常不习惯这里的衣食住行，直到生活了几十年后才慢慢适应，但冥冥中总有一种不属于这里的感觉，脑子里总时不时冒出"我的家在哪里"的疑问。

但"一见如故"是否有问题，也就是说从长远看能不能靠得住，貌似值得商榷。就好比我们可能会对某个人一见倾心，自此认定这就是生命中的那个他（她），得不到，就会放不下，总想着如果能和他（她）携手一生，人生该会有多么不同，甚至因此抱憾终生；得到了，在一起过个三年五载，感觉也就是那么回事了，甚至在发生矛盾时会想如果不像当初那样对他（她）死心塌地，也许会过得更好。

然而不可否认的是，一见如故源于喜欢，源于生命历程中对美好的经验积累，所以每每会有相见恨晚之感。如果能将这种喜欢转化为拥有，那委实是再幸福不过的事了，毕竟梦想成真不是每个人都能实现的。即使像我这样只是浅尝了些许苏州的美，便怀着"恨不相逢未嫁时"的心情离开，能够留一份永远的美好回忆在心里，也觉得不失为一种缺憾的满足吧。

所以，一见如故本身是没有问题的，关键在于"见"之前的经验沉淀，"见"之中的亲历之感，"见"之后的回味怀想。对人也好，对城市也罢，对世间万事万物，怀有一份执念是令人钦敬的。深知身在情长在，有缘相见，有幸相识，有心回忆，也不失为人生之乐事吧。

2022.07.07

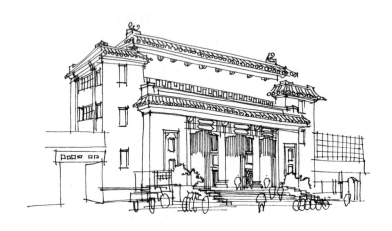

既当运动员又当裁判员——孩子，你背得动吗

当了这么多年老师，什么样的学生都见过，各种事情也经历过，但是在考试中亲眼得见学生既当运动员又当裁判员的情况还是第一次。

这学生我上学期曾经给他上过一门课。第一次课上完，他就加了我微信，而且在微信中跟我聊了很多，中心意思只有一个，就是他非常在乎成绩，希望我能多加照顾。并且说他跟迄今为止所有的任课老师都表达过想要高分的意愿。我说你好好听课，认真做作业，成绩自然不会差。他说他会的，但他想要高分。我说你想要多少分，他说90分以上。我说那你努力。最后果然如他所愿，那门课的分数在90以上——并非我听命于他送他这个成绩，而是他的确达到了这个水平，但班里90分以上的大概占到了三分之一，他的成绩也并非特别突出。

这学期他又选了我的另外一门课，但明显感觉上课时他的热情不如上一学期，甚至有无故缺课的行为。记得有一次课他没来也没请假，那天我也没点名，下一次课他来了，我点完名，他坐在座位上忽然冲我喊了一句："我的一个朋友托我问一下，上节课您点名了吗？"我当时没反应过来，只回了一句："你的

什么朋友？让他自己来问我。"前排同学听到我这么说都哧哧笑个不停，我问他们笑什么，那个笑着的学委说："他的朋友嘛，就是，呵呵，呵呵……"（鲁迅的经典语录都用上了）我这才明白过来，对他喊回去："你说的朋友就是你自己吧！"他低下头不吭声，我也没理他，开始讲课。

我当时对他的这种做派是非常反感的。一是坐在座位上直接向老师发问，无任何称呼，且不站起来，感觉根本没把我这个老师放在眼里；二是明明没出勤，还理直气壮，难道缺勤是什么光荣的事情吗；三是他以为这么发问能引起班里同学的注意，显得他跟老师关系比其他同学亲近似的，"凡尔赛"地显摆他自以为的优越感。殊不知，我却是心底波涛汹涌，表面上当然波澜不惊，洞穿了他的一切心思，却什么都不写在脸上，任他尽情表演。

下课他走到我面前，还是问上次课点名的事，解释说他因有事缺课，我说没点名，他得到答案后转身走了。我当时疑惑，因为点名与否这种事情他根本没必要问我，问班里同学即可知晓。他不问同学，要么是对同学缺乏信任，要么是与他人关系不睦，开不了口。总之，大概率是人缘不好。后来看他的朋友圈，我也发现了这一点，他的朋友圈几乎没有同学点赞，他与同学关系可见一斑了。

虽说他上课的热情不足，还经常坐在教室的最后一排（偶尔坐在前排，也并非为了认真听课，而只是为了让我看到他坐在了前面），但对上课回答问题却异常积极，尤其是我说答对了加分的时候，他总会第一个站起来回答，尽管我一眼看出他根本就不知道答案，答的也是不着边际，纯粹是为了答题而答题，或者说是为了加分而答题——即使加不上分，给老师留个貌似爱学习的印象也是好的吧。

关乎分数的平时作业是调研报告，在总评成绩里占比还相当不少。他所在的小组成绩一般——这是由和我代课的另一老师给的，因为作业题目是这位老师出的，任务书也是由他下发的，所以成绩自然主要由他来评判。这一点我跟班里学生事前都做过交代。这一来他没办法了，因为这位老师是建筑学院的教授，平日里上完课就走，人也比较严厉，他掂量了一下，可能感觉无法在这里拿到高分，也就作罢了。但如果他知道这位教授正是我老公，估计还会在我这里要分的——其实班里有相当同学是知道我们两个人关系的，只可惜他的人际关系影响到他知晓这个"地球人都知道"的"秘密"，我只能"呵呵"一笑了。

到了最后的期末考试，他的举动真的有点不可描述了。他将卷面上的两道简答题划掉，自己在旁边写了两道题，又做了回答。同时，在这两道题的上方空白处写了一句话：

老师，我对分数的渴望很强烈。

这学生是在跟我开玩笑吗？

我看到卷子的那一刻就想给他打电话，问一下他这么做的目的是什么。咨询了老公，答曰没必要；我又问了上大一的儿子，也回复说不用打，打了反而会让这学生心生得意，感觉老师被他牵着鼻子走，还挺把他当回事似的。我冷静了一个晚上，怒不可遏的情绪在第二天得到了缓解，采纳了他二人的建议，不理他，该怎么评分就怎么评分，不就是一份卷子吗，不就是一个不按规则做事的学生吗，不必计较。我按规则来就行了。

只是事后想想，感觉有点可怕，又有点为这个学生或者说为这一类人担心。既定的规则，怎么到了他这里说改就能改呢？他想既当运动员又当裁判员，就立刻能够实现吗？大笔一挥，划掉重来。眼前只是一张小小的试卷，几道考试题而已，未来呢？说不定是银行单据、单位证明、政府公函、国家机密……假若他是手握权柄之人，是否也可轻触笔尖或轻点鼠标，做出颠倒乾坤、指鹿为马之事呢？

俗话说，君子爱财，取之有道。学生想要高分，本身无可厚非。然而不想努力，只想凭一点小把戏就拿到高分，简直是无稽之谈。他以为老师敲击键盘，就可以给任何人随意加分了吗？我要是真那样做了，岂不成了与他一样破坏规则的帮凶？那样一来，我不仅瞧不起他，我连我自己都要瞧不起了。

没有规矩，不成方圆，无视规则之人必为规则所辖。但愿这孩子（才大二啊）能迷途知返，从对分数无底线的"渴望"的泥潭中挣脱出来，认认真真学习，踏踏实实做事，本本分分做人。

2022.07.10

听妈妈讲过去的事情

父亲去世后,母亲变得有些啰唆起来。啰唆原本是父亲的专利,不知何时被母亲学了去,也许早就潜移默化地影响到了母亲,只是父亲在世时,使用权全归父亲所有,母亲没有展示的机会罢了。

一是,和母亲的每场谈话,她几乎都会重复之前说过的内容,而且每次讲述相同的内容时,措辞、语气、语调几乎完全一样,都像是第一次跟我讲述这件事一样,津津乐道、侃侃而谈。但这种表现并非母亲得了阿尔茨海默病,她也绝非脑子有问题,实际上母亲是一个非常睿智的人,虽已年过八十,然而对很多事情的看法、评论都相当有见地,身边的人也都认可她的思想,她本人也对自己清晰的思维十分引以为傲。所以不知道是不是因为父亲的去世才导致母亲近几年有复读机的表现,而她自己却浑然不觉。偶尔我也会弱弱地提醒她某件事情已经跟我说过了,她要么用质疑的眼光看着我说"我说过了吗",要么就是对我的提醒不加理会,继续用她一贯的节奏和语句说下去。我以为她有时也能够意识到自己在重复之前说过的话,但她就是要说出来,或许只是表达一种情绪,或许只是为了说而说。

再就是，她喜欢谈论过去的事情——小时求学的经历、青年生活的艰辛、中年家庭的压力，以及父母弟妹、亲戚朋友、熟人同事等的生活琐事、奇闻趣事，有些事情跟我没有任何关系，有些人我压根不认识，她谈起来却有声有色，仿佛那些人那些事就在眼前一样。而且也是同样的事情在这一个时间说过，在下一个时间，哪怕只是隔了几天，她又会乐此不疲地滔滔不绝。我印象中母亲年轻时是个沉默寡言之人，或许是早出晚归工作紧张而又家务繁多，无暇与我们多交流，有事情要交代也都是言简意赅、点到为止，同样的内容极少重复第二次，对于过去的事情尤其说得少，也许是峥嵘岁月让她不愿回想那些艰难困苦的日子。这与目下她变成了一个啰里巴唆的老太太似乎大相径庭。

每当她向我倾吐这些心声的时候——无论是在电话里（每每给她打电话，她都能一气讲上一个小时，我偶尔插话，她立刻批我不要打断她、不能不让她说话；而如果我要跟她说起我身边的人或事情，她却鲜有听下去的兴趣，不管是工作、生活、家庭，似乎都与她关系不大），还是回家见面聊天——我一般都是静静倾听，不时附和，让她能一吐为快，而她也很享受有我这个听众给她捧场的过程。尽管她一再重复相同的内容，但这就是老年人的特点吧，即使像母亲这样睿智的人，到了这个年纪，重复、啰唆也不可能不成为她身上的标签。然而我觉得她重复的那些内容，也并不令人生厌，生活不就是每天都在重复前一天的内容，只是在重复的过程中不断提高品质、提升价值，螺旋式上升的吗？母亲复读机式地复述过往的生活，既是她与我们交流的方式，也是她表达自己还置身于生活中的一种证明。我们的世界是她所不了解和不熟悉的，所以她不大愿意听我们说目前的生活以及未来的打算，她所关注的是当下，而当下又是她从自己之前大半辈子的生活中总结经验而来的。如此逻辑，就能理解母亲对过去事情的一再重复了。更何况，她能逻辑清楚地将每件事情娓娓道来，说明她身体健康、心智健全，这又何尝不是我们做儿女最大的欣慰呢？

所以，还要听妈妈讲过去的事情，而且每次听她讲那些过往，我总情不自禁地换位思考，我如果在她那样的情境下，会如她一样行事吗？结论往往是否定的。原因是我没她那么坚忍、顽强、能吃苦、有担当，每想到此，在惭愧的同时，我都会愈加敬服母亲——尽管她脾气有些大，对我有些凶，但与她优秀的品质相比，这些都不值一提。

真不知道是父亲在冥冥之中将他重复生活的本领传授给了母亲，还是母亲耳濡目染，早已将父亲复刻生活的真谛铭记在心，总之，通过他二老的言传身教，我们这个平凡人家朴素的家风被传了下来。未必是他们有意为之，只是涓滴浸染，微毫累进，这些纯朴的品质早已渗透进我们的骨髓，代代相传了。

2022.08.20

我和你爸离婚，儿子，你怎么看

电视剧正播放这样一个桥段：

晚饭后，妈妈说要和十岁的女儿说一件事，俩人隔桌而坐。

妈妈犹豫半天，吞吞吐吐地说：我和你爸爸之间发生了一件事……

女儿打断：这件事是不是两个字的？

妈妈点点头。

女儿：那我知道了。那这两个字是过去式、现在进行式，还是将来式？

妈妈：对不起宝贝，我们已经离婚了。

女儿：其实我早看出来你们之间有问题，我知道了。我回屋写作业去了。

表情始终平静的女儿起身离开，走了两步回头对愣在桌边的妈妈说：那你现在开心吗？

妈妈点点头。

女儿：那就好，只要你开心就好。这回她居然还笑了笑。

妈妈的泪水从带着一脸惊愕表情的面颊上流下。

我问和我一起观看这一桥段的十九岁的儿子：假如这桥段发生在我们家，你如何反应？

儿子：我会问你为什么不提前告诉我。

我：那如果是现在进行式或者是将来式呢？

儿子：那你没必要告诉我，因为不关我的事。

我：你意思是说我只需要及时告知你结果即可，和电视剧里演的一样？

儿子：对。

据此，我得出结论：

第一，离婚早已不是什么惊天动地的事情，没人会在意你的生活状态。你最亲最爱的孩子都持冷漠态度，其他人又如何呢？别说是现在离婚只需双方持相关证件和协议书即可办理，就算是还像过去那样需要单位领导签字，也不会引起轩然大波，更不会成为朋友圈里的焦点话题，甚至都不会成为话题。所以，别把自己太当回事，也别在做决定时犹豫不决，顾及这个思考那个，踌躇彷徨的结果只能是将自己拖入更痛苦的深渊中愈发难以自拔。

第二，孩子对父母离婚的理解早已超出了我们这些成年人的想象。你以为自己是站在人伦道德的制高点上，为了他（她）勉力维系家庭，谁知他（她）早已看出父母之间的龃龉，不仅不领你委曲求全的情，甚至会平静地规劝父母分开；你以为隐瞒离婚事实是为了让他（她）一直以为自己拥有一个完整幸福的家，哪知道破碎的端倪早已被他（她）看穿，且一句简单的话语便能将你为维护家庭的所有伪装击得粉碎；你以为告诉他（她）父母离婚的事实，他（她）会伤心欲绝号啕大哭，哪知道他（她）平静冷漠如毫无干系之旁观者，让你顿感心如冰封不寒而栗。

其实想想也没什么不能理解的。我们这代人的成长，多处于父母的高压管控之下，虽已脱离父父子子的年代，但大事小情受制于父母颇多。大到升学工作、恋爱结婚，小到穿衣戴帽、言谈举止，无不在父母的掌控（有时是训斥）下行事。当然，他们的表率做得够好，家庭和睦，尊老爱幼，上班准时，下班回家。房子小，人口多，缺乏私人空间，家里一应事情几乎都是公开的，家庭成员之间也无秘密可言，子女一举一动全在父母眼皮底下，他们看到不满意的地方，自然要进行训诫。他们谨遵从祖辈那里承继下来的传统完整的家庭观念，由是也影响到我们这一代人，将这观念承袭下去，故在我们选择结婚对象时慎重有加，且一旦做出决定，几乎没有重新来过的机会。至于爱情，他们是不看重的，因为他们认为生活更多的是柴米油盐，爱情那东西当不了饭吃。

然而这套理论到了他们的孙辈，也就是我们的孩子身上，却没有丝毫意义了。这些"00后"首先看重的是自我价值的实现，从不把结婚当成人生的必修课，只因人家要活出自己的精彩。在感情上，这些小朋友更看重感觉，动漫、影视剧里的人物经常也会成为他们择偶的参照。但他们对未来伴侣的选择常常是模糊的，或者说什么样的人能够让他们相处起来感觉舒服，他们就更愿意选择和这样的人在一起。至于对方是否适合在一起过日子，那不是他们考虑的问题，当下的感觉对了，其他一切都不是事。

再总结一下，人到中年，似当如此生活：

第一，顺性而为，关照自我，想到即做，拒绝等待。

第二，常常学习，不断进步，踔厉奋发，与时俱进，紧跟时代前进的脚步，跟上年轻人急促的步伐，只争朝夕，不为时代所抛弃。

第三，莫以自我思他人，莫拿他人比自己。年过半百，既不妄自尊大，也不妄自菲薄；既不轻言看破红尘，也不被子女嘲笑已经"OUT"。永远满怀期待地看待年轻人，接受他们与自己相异的三观，向他们中肯地提出建议——不必过分在意他们是否接受；容许他们犯错再改过，宽容他们——与这个世界的未来和解。

希望，下次如果有可能再提问：我和你爸离婚，儿子，你怎么看？他会笑着回答：您怎么看，我就怎么看。

2022.08.25

点赞 or 不点,是个问题

我平常不太发微信朋友圈,但我喜欢刷朋友圈,刷着刷着,慢慢就看出其中的一些端倪来。

有些人几乎天天发朋友圈,这类人的朋友圈无非记录本人的日常生活,所见、所闻、所想、所感,花草树木,景观人物,家事国事,大事小情,无不记录在案,发在朋友圈里,像写日记一样。

有些人几天发一条朋友圈,往往是生活中发生了一些小变动,或喜或悲,有大有小,晋升了,获奖了,失恋了,领证了,生娃了,换工作了,等等,都在朋友圈里分享。

还有些人好久才发一条朋友圈,大都是对于本人意义非凡的事情,当然也有可能是生活中的瞬间感悟,乐于在朋友圈里晒出来。

还有的人是在朋友圈忽然没头没脑地发一句话,或者发一首歌,大家都看不懂,似乎是发给某个特定的人看的,又或者是说给自己听的,且往往很快就删掉……

于是,朋友圈的点赞也就随之有了几种类型。

有些人是无论谁发了什么样的朋友圈,一律点赞,大概率是想自己发朋友圈的时候得到回馈，收到相同的点赞数；有些人是有选择地点赞，对感兴趣的或者是想要点赞的才点，其他的一律忽略；有些人是从不给除自己之外的任何好友点赞，也可能是根本不看其他人的朋友圈，也可能是不屑于点赞……

我呢，对于点赞这件事，也有一点想法。

从本意出发，我是喜欢给精彩的朋友圈点赞的，无论内容是作者原创抑或是转发他人的，只要感觉写得好、唱得好或者视频拍得好，自己喜欢，就点赞，甚而还会评论美言几句。

然而对于不感兴趣的内容，在不打开看的前提下，自然感觉没有点赞的必要，否则就有睁着眼说瞎话的感觉。但有时又不得不点赞，比如发朋友圈的是领导、家人、亲戚，不管咋样，都得点个赞吧。

但是，并非所有的点赞都能令作者感觉欣喜。

我曾经在给一个学生的朋友圈（其实是他转发别人的一篇文章）点赞并评论"写得好"之后，他即刻删掉了这则朋友圈，原因大概率是因为那是一篇关于恋爱中男生如何俘获女生的心的文章，而他偏偏是一个十分内向的男生，或许他以为我窥见了他的隐私——尽管对于除他之外的任何人尤其是像我这样一个中年女老师而言此类话题根本无任何私密性可言——所以想为自己保留一点隐秘的空间。我在发现他的这一举动之后，大大后悔自己点赞的这一行为，仿佛无意间触碰到了面纱下隐藏的那颗单纯的心。好在后来他还是继续发他的朋友圈，也没有把我屏蔽掉，而我也不再给他点赞——还是让他保持自己那份宁静的内心世界吧。

所以，点赞或者不点好像还真的是个问题。也许作者本人只希望收到某个人或某些人的点赞，对另外一些人的点赞视而不见，甚至不希望某些人点赞，抑或反感某些人的点赞。可我们又如何揣摩作者的本意呢？最直观的方法可能是通过自己发的朋友圈来观察了吧，那就是如果他也给我点赞了，那我投桃报李也就理所当然了；如果他对我发的朋友圈不理不睬，那我也就不必再主动出击了。

话说回来，哪个人发朋友圈不是为了引起关注呢？所以，求点赞是正常的逻辑思维。按正常的方式说话办事，应该是没错的，如果引起发圈者的不适反应，那就只能归咎于双方情绪在时空方面的错位了。

2022.09.01

都是苹果惹的祸

首先声明,写此文我是始终怀着愧疚之心的,甚至写还是不写都犹豫再三,主要是对文中涉及的对象怀有深深的同情,毕竟她流血了,我看着很心疼;但针对她的行为,我又实在想说两句,姑且就事论事吧。

前几日在小区外的街道上闲逛,看到路边有流动摊贩在卖苹果,苹果又大又红,卖相很好,我尝了一下,味道也不错,于是我停下脚步,打算买上几个。在我之前有一个中年妇女已经在挑苹果了,她已经选好了十块钱三斤的一大袋苹果,等着在对面小区的老公来和她一起拿回家。后来,我向老板询问有没有更好一些的苹果,老板从他车的后备厢里又拿出一大袋苹果来,说是四块钱一斤,我一尝,果然味道比之前的要好,于是决定就买这种。

结果,这中年妇女一看有更好的苹果,马上说已经挑好的苹果不要了(这些苹果她也是把一堆苹果翻了个底朝天才挑出来的),也开始选好苹果。好不容易挑好了,她老公还没到,于是她拿起老板袋子里一个表皮有些小碰伤的苹果对老板说:"你看你这苹果卖相不行了,拿回去也是扔掉,干脆让我在这吃了算了。"说完自己拿起老板的小刀削起皮来。老板面露不悦之色，但也不好说什么。那妇女倒是很高兴，一边削苹果皮，一边还哼起歌来，应该是为占了便宜而感到得意吧。忽然就听她"哎呀"一声，我们回头一看，一股鲜血从她手上流出，原来是她削破了手指。我一看到她流血，心里一阵抽搐，老板也急忙找纸巾给她止血。那妇女脸色都有些变了，之前的得意一扫而光，捂着手指一脸痛苦的样子，把削了一半的苹果扔在一边，嘴里还嘟囔着："这苹果我也不吃了。"她一边说一边叹气。

我挑好苹果付过钱离开了，不知道那个"惹祸"的苹果后来怎么样了，也不知道后来那妇女的老公来了之后，有没有再买走她已经挑好的苹果——在遭遇了流血事件之后，她是否还有心情或者说是否还愿意付钱买下这惹事的苹果？

我只是觉得这应该算是占小便宜吃大亏的典型事件了吧——尽管我内心对这位妇女的受伤充满了同情。但实话实说，假如她买完苹果就专心等老公来接她，假如她根本就没想去占这一个苹果的便宜，假如她不亲自动手去削苹果皮（可是她又怎么好意思已经占了便宜又劳烦老板给她削苹果皮呢），流血事件就不会发生，她也不用受切肤之痛。只是生活有一万种可能，却没有假如，坏事发生了，恶果造成了，痛苦只能自己承受。痛定思痛，结论就是：小便宜坚决不能占，否则极有可能吃大亏。

踏踏实实做事，本本分分做人。从心所欲而不逾矩，才是平安幸福之本吧。

2022.11.18

恋爱模式之叶公好龙

大凡男女相恋，起初多是一方对另一方产生倾慕之意，于是经历"观察—关注—表白—相恋"这一过程。当然，也有双方都一见倾心、互生爱慕之意，于是一拍即合、天成佳偶的，这一种恋爱的速度就很快了，我的一个研究生同学即属此种类型。她夫妻二人从见面到结婚只用了不到三个月时间，正是所谓的双方一见面就都对上眼了，过年前见面，年后就张罗着办婚礼了，而且结婚二十年了，一直家庭幸福，现在每论及此，仍然津津乐道，对一见钟情、情投意合持百分之百的赞同态度。然此种天作之合在现实生活中实在少之又少，往往是你有意他无情，她有情你却无意，生活中这种剃头挑子一头热的情况比比皆是，无非两种结果：要么无意的一方感怀于有情一方的真情流露，最终修成正果；要么就是流水无心恋落花，奈何明月照沟渠，有情的一方只能另寻其他的感情归宿了。

然而今天要说的是另外一种恋爱模式，姑且名之为"叶公好龙"式。

此种模式严格意义上说属于一厢情愿之暗恋且不敢表白型，不敢表白的原因无非是怕拒绝，怕拒绝的原因无非是：往好了说是有自知之明，往坏了说是自惭形秽即自卑。不表白却不代表不想，不表白也不代表能忘却，想念多年之后终于有一天鼓足勇气向对方表白了，如果得到的是否定的回复，这表白的一方倒是乐于接受的，因为他想当然地认为对方拒绝是理所应当的，因为他本该被拒绝，对方本该瞧不上他。然而如果表白之后，对方接受了他的感情，而且投桃报李以真心换真情，他却反而不知所措，开始思虑万千，不知该如何是好了——因为他不仅不敢接受对方对他的这份感情上的"恩赐"（对他多年的期盼来说，此说法并不过分），哪怕是试着接受了，也是疑心重重，甚至有如履薄冰之感，总觉得这天使在人间的好事咋就轮到他头上了，不真实，太不真实了。

感情世界中的叶公好龙于是呼之欲出了。

眼里全是她，梦里也是她，心心念念的都是她，可是她真的来了，他却吓得抱头鼠窜，没有接受的勇气。他爱的是真实存在的她吗？他爱的也许只是梦里的那个她？又或者只是那一种爱她的感觉让他深陷其中无法自拔，最终留给自己的仍是无限的思念和无尽的痛苦……

留一份诚挚的感情在心里是美好的，但若向前一步就豁然开朗别有洞天，何不坚定脚步给自己一次机会，也算是对自己多年来守得云开见月明的一个交代。天若有情天亦老，也许，她一直在等的就是你的一句问候：多年不见，甚是想念，你还好吗？

2023.03.22

爱拼真的会赢?

单位一同事突发重疾,才三十六岁,两个孩子,大的上小学一年级,小的才上幼儿园。她博士毕业来我们这里,入职刚满三年,凭借丰硕的科研成果,在去年冬天评上了高级职称,也算是身边为数不多的职称速成且到点就评、无任何耽搁的例子了。然而对她而言,估计喜悦的心情还没来得及消化,就要承受病痛带来的诸多烦恼甚至是痛苦了。

生老病死,自然规律,任何人无法预测,但谁又能否认她的患病与太拼不无关系呢?

平日里的她少言寡语。每次开会,总看她手里拿个小本,不停地在记些什么。有一次与她闲聊,我看她头发浓密、色泽鲜亮,不禁夸了几句,她却说全是染的,否则就是全白。我当时有些吃惊,因为印象中身边还没有哪个熟人尤其是女性才三十岁出头就满头白发。现在想来合情合理了,那是她多年努力拼搏的结果。

她得病的消息,更加印证了这一结论。了解情况的同事说,熬夜于她是家常便饭。她所在团队的负责人常常凌晨一两点给她打电话布置任务,她都熬夜完成,然后一大早按时提交。而在做这些工作之前，她都要先照顾两个孩子，给他们做饭、辅导作业，直到孩子上床睡觉，她才开始加班赶工。碰到休息日加班，她都是将孩子交给老人照顾，待完成任务后，再把孩子接回家，自己几乎没有休息的时间。我曾在周末碰到她去办公室加班，她苦笑着对我说两个孩子分别交给了孩子的奶奶和姥姥帮忙看管。几年来，她应该一直都是在这种状态下拼命工作，一点点积攒起了自己的成果，报课题、发文章、出专著，终于修成正果，实现了人生的小目标，也的确是可喜可贺。可天有不测风云，谁会想到结果是拼到医院里去了呢？

爱拼才会赢，但若以事业成功"PK"身体健康，我想所有人都会不假思索选择后者。天妒英才也好，天可怜见也罢，人作为天地万物的精灵，也是要懂得休养生息的，就像春花秋树，结果落叶，有姹紫嫣红、芳菲绚烂之日，也有落红护花、韬光养晦之时。难以想象一树繁花如果是靠生长素维持盛景开在枝头，过了花期也不愿凋落，那最终的结局只能是耗尽体内精力，第二年很可能不再开花，甚至永远也开不出花来了。所以老祖宗讲的天人合一想来确实是不无道理的，每个人都必须顺应自然规律，才能达到人与自然和谐共生，同时自身也健康生长的状态。

我并不主张凡事得过且过，敷衍了事，反而认为尽心竭力、在能力范围内做好自己的本分，乃做人做事之根本，因此对佛系人生向来持反对态度。从此意义上来说，"拼"还是有意义的，只不过拼的是对自己内心的那一份执念,对所做事情的热爱与执着,对人生意义的鉴证与坚守,而不是对名利的追逐。唯此,也许才会真正达到"不畏浮云遮望眼"的境界,实现"自缘身在最高层"的人生目标吧。

2023.03.23

秋天的童话

工作以后，曾经和一位男士交往过一段时间，各方面也还凑合，对我也关爱有加。有一日我独自重温了大学时看过的《秋天的童话》，问他喜不喜欢看这部影片，他竟然说没看过（他只比我大几岁啊）！于是我极力向他推荐这部片子，后来他说他看了，却一脸鄙夷地说：没意思，不好看。我听了不仅是吃惊，简直有些震惊了——他之前说过喜欢周润发，我于是自以为是地认为他一定喜欢周润发的电影。然而从他对《秋天的童话》的反应来看，并非如此。我试探着问他对周润发其他电影的感觉如何，他说发哥的电影他几乎没看过，只是看过周润发的海报、剧照，之所以喜欢发哥，也只是觉得他的样貌与发哥有些相像——原来这人只是自恋罢了。

于是，我与这位男士的交往就此画上了句号。能说得出口的分手的理由自然不是《秋天的童话》，但现在想来，《秋天的童话》一定是必要条件。喜欢这部片子的人很多，不是个个都能与我成为伴侣；但不喜欢这部片子的人，一定是与我志不同道不合的人，别说是人生伴侣了，就是日常相处在我看来也是困难的。

也许影片中周润发和钟楚红的爱情，童话的成分浓了些，但哪一份爱情不是童话般的样子呢？只要拥有过的人，必定都像畅饮美酒一样品尝过它的甘甜、浓烈、醇香，而未曾拥有的人谁又不期待早日体会这份童话般美好的感觉呢？

相信童话的人一定是热爱生活的人，是对生活充满着激情与渴望的人，也一定是认真对待生活的人，因为童话的结局往往是不用看开头就能知道结尾的，然而喜欢之人却愿意认认真真地仔细阅读，就要看王子是如何经历千难万险、战胜种种磨难最终与公主有情人终成眷属，偏要听美人鱼是忍受着怎样的痛苦为了所爱之人牺牲生命，尽情想象自己终有一天也能像灰姑娘那样穿上漂亮的水晶鞋，邂逅自己的 Mr. Right……

不是所有的爱情都有童话般美好的结局，然而《秋天的童话》却让我们对生活有了更多憧憬与想象，也多了几分期许与希望。只要怀有一颗真诚单纯的心，纵然是风刀霜剑，也都不过是云淡风轻、白驹过隙，而留在记忆中的，一直会是童话般闪亮的心。

泰戈尔的这几行诗作为此文的结尾，我以为是再合适不过了：

前行，是为了时刻与你相逢。
我的旅伴啊！
是为了和着你的足音歌唱。

受你气息熏染的人不会借着岸的遮掩悄悄滑行。

他会扬起一往无前的船帆,在狂暴的水面乘风破浪。

2023.06.13

软和硬

世间的人，大抵可以分为四种类型：嘴软心软，嘴软心硬，嘴硬心软，嘴硬心也硬。

嘴软心软之人。这类人可谓之"圣母型"，是世间少有之人。他们说起话来总是不紧不慢，语气和缓，让人听上去有如沐春风、如淋春雨之感；他们做起事来也是有条不紊，仔细认真，把一切事项都安排得天衣无缝、恰到好处，让人无时无刻不感到舒服熨帖。"自带光环"，说的就是这一类型的人，跟他们在一起，会有十足的安全感和满足感。他们是暗夜里的明灯，照亮前行的方向；是冬日暖阳、雨后彩虹，总能带给人希望和欣喜。《飘》里的梅兰妮算得上是此类人物的典型代表——完美的化身，完善人格的极致。只可惜太难做到，因为太理想了，而现实与理想之间往往是存在很大差距的。

嘴软心硬之人。这种人我以为是四种人之中最为可怕之人，《红楼梦》里的王熙凤可谓此类人物的典型。你看她第一次出场时，当着贾母以及众女眷的面，对黛玉的热情致辞，哪能让人把眼前这个风风火火、泼辣大方的琏二嫂子，与日后那个机关算尽、草菅人命的贾府大管家联系在一起相提并论呢？所以这就是嘴软心硬之人的狠绝之处了。他们心里是早已想好了算计的手段，嘴上却一如既往抹了蜜糖般拉关系、套近乎，目的是引诱对方往他事先挖好的坑里跳，而且跳得心甘情愿、无怨无悔，连反抗的机会都没有。所以，生活中警惕这种人的方法，一是务必戒除虚荣心（也包括放下自尊心），二是吃一堑、长一智，上过这种人的当后，待与他们不得不再次接触时（当然最好是免除与其再次对话的机会），一定戴上透视镜和助听器，先入为主地去看和听，反复斟酌后再做决定。

嘴硬心软之人。这类型的人在生活中可谓占大多数。人吃五谷杂粮，谁能无过，谁又能在别人有过之后不计前嫌、以德报怨呢？除非以家国为重、置生死于度外之人能做到，凡人很难为之。所以才有了廉颇、蔺相如永结生死之交的千古绝唱。而于世间多数凡人来说，几乎都为睚眦必报、以直报怨、快意恩仇之人，所以一旦有不称心如意之事，必是先过嘴瘾，如阿Q般先放出狠话，但是否采取行动，就会三思而行了——如果对方被威言震慑而有了退缩畏惧之意，那就暂且放他一马，取得精神胜利即可；如果对方一意孤行，再视自己的气恼值量力而行，毕竟冤家宜解不宜结，凡事和为贵，有错改了还是好同事、好兄弟、好伙伴，和平共处不是大家共同心愿吗！

嘴硬心也硬的人就比较麻烦了。这种人往往是一言既出驷马难追，而且是头脑一热即刻行动，丝毫不计后果。三国中的张飞算是代表人物，故最后为冲动付出了惨痛代价。然而如果是为了正义的目的坚定信念、视死如归，这种心如磐石的勇气倒是可嘉的；若是心术不正而心狠手辣，那就是为世人所唾弃而难容之人了，这种人最后的命运和结局也注定是悲剧的，希特勒可谓典型代表，敢冒天下之大不韪而行非正义之事，必然是搬起石头砸了自己的脚，落得个千古骂名、遗臭万年的下场。

2023.06.18

语言艺术

俗话说:话有三说,巧说为妙。讲课时也给学生举了一些语言表达方面的技巧,当时并没感觉有什么特别之处。然而生活的阅历却让我越发觉得语言艺术无处不在,就像小品《一句话的事儿》里演的那样,一句话能成事,一句话能坏事,一句话能翻手为云,一句话能覆手为雨。说者无意听者有心,能成事也会坏事(因为有误解);说者有意听者无心,轻则遭受损失,重则要人命的也不是没有啊!不然刘震云恐怕也写不出《一句顶一万句》这么脍炙人口的小说来了吧。

年轻时和闺密聊天,她说男友对她说"我感觉自己有点离不开你了",彼时的她正处于热恋中,看着她一脸甜蜜的模样,我的内心里也满是羡慕。没想到说这话没多久两人就分开了,而且后来竟然变成了老死不相往来。那段时间的闺密,整个人用行尸走肉来形容毫不为过,对一切事情都提不起兴趣,我甚至怀疑她得了抑郁症,直到后来再谈恋爱、结婚、生子,家庭稳定,她才逐渐恢复如初。但偶尔谈起当初的这场经历,她还是百思不得其解,总是说能对她说出这么刻骨铭心的情话的人,怎么能说翻脸就翻脸呢。

现在想来，还是青春年少的女孩太单纯，太渴望爱情，也太相信爱情，再加上那么一点点女人的虚荣心，在男人的糖衣炮弹面前就失去了起码的判断力了。没错，他说了他离不开你，而离不开的潜台词实际是"我要怎么才离得开你呢？"或者是"我并不想离不开你"或者直接可以解释为"我要离开你了"，而绝非女孩所理解的自身有多大的魅力、对于这个男人有多强的吸引力。但万千女孩却偏按照后者的意思去理解了，既然自己对这个男人有如此大的吸引力，那么在他面前就可以肆无忌惮、无所顾忌，所以接下来的撒泼任性、发脾气使小性也成为必然上演的戏码，甚至不惜以分手作为耍性子的手段。殊不知，那男人等的就是女孩提分手——不是我逼你，是你自己要离开的，别怪我哦！当女孩意识到男人是真的要离开她时，再想挽回，他却以消失作为回答。

回头细想，原来一切都是人设，是剧本杀：男人早已安排了剧情，女孩只是按照他的安排亦步亦趋地演下来，他是编剧、导演、演员，一切的过程只为他享受自己的设计，当然，更重要的是享受他想要得到的女孩的一切——恰如莫言所说："男人接近女人的目的，不过是图两样东西，要么图女人的年轻漂亮，要么图女人的身体。"当他的企图得以实现或者当他发现还有比目前这企图更好的目标摆在眼前时，他便会挖下那个让女孩欢天喜地、心甘情愿跳进去的火坑，任单纯的心在其中饱受煎熬、遭受屠戮，而他自己却早已潇洒地到别处挖坑去了。

影视剧里，当男主对女主说出"为了你，我甚至愿意去死"的台词时，观者往往会哄堂大笑，不仅感觉台词老土，更会认为这么假的所谓海誓山盟，傻子才会相信。然而，现实生活中若真有男人对女人这么说了，估计十个女人中有十个会相信男人说的是真的，尤其是当耳鬓厮磨、卿卿我我之际，更是感觉世界上所有的幸福都降临到了自己这个小女人身上，感觉自己遇到了全世界最爱自己的男人，进而将全部身心交付于眼前之人。然而残酷的现实往往是，言犹在耳、余音绕梁，盟誓之人却早已喜新厌旧、移情别恋，像丢弃一件衣服般将誓言与盟誓对象抛到了九霄云外。

不觉想起了《伊索寓言》里《乌鸦与狐狸》的故事，难抵狐狸溢美之词的乌鸦终于张开了嘴，得逞的狐狸叼着肉跑开了，只留下悔恨与无奈伴随着乌鸦。然而假如再来一次，乌鸦还会不会张开嘴巴呢？答案是肯定的，没有谁不愿意得到他人的认可，尤其是高度的认可，而此时，有声是胜过无声的，这就是语言艺术的魅力了。

2023.07.06

官宣

一高中同学在群里发消息,说她过几日要从居住地回家省亲,想在回家之际和同学一聚。当时看到这条官宣,我吃了一惊。我自年轻时离开家乡求学、工作,一晃在异乡也生活了将近三十年,因为职业原因,每年至少寒暑假两次回家省亲是固定的,但从未想过在群里进行官宣。我也曾经多次想过见一见老同学,但一想到各人都有各自的事情要忙,怎敢劳驾别人为我操办接风活动,就打消了这种念头。想这位同学一介普通人,非官非商,人已经退休,再说又不是远渡重洋,整得跟衣锦还乡似的,为哪般啊?

再一想,也对。难道只有功成名就才有资格官宣吗?开放的时代,迅捷的信息传递方式,对自我认知的愈发重视,让每个人都有机会跟这个世界分享自己的喜怒哀乐。是故放眼当下的朋友圈,无事不分享,无图不分享——获奖证书要晒,结婚证要晒,毕业证要晒,护照要晒,签证要晒;发了 C 刊要晒,当了领导要晒,化了美妆换了发型也要晒;孩子满月照要晒,甚至还在娘胎里的四维彩超都晒得清清楚楚……

谁说官宣只是公众人物的专利?谁说只有明星的结婚、离婚、出轨、生娃才是大众话题？普通人有普通人的圈子，草根有草根的世界。虽说人于浩渺宇宙中如一粒尘埃，然而也正是这一粒尘埃，才会追求存在感，追求组成这大千世界的那一份价值。

不过话说回来，存在感真的非官宣不可吗？窃以为非也。在当今张扬个性、显露自我的年代，任何人做任何事（当然不能违法犯罪，亦不能有违道德伦理）都无可厚非。只不过有些官宣的后续事宜未必如当初设想的那样有一个美好的结局。与其落得不好收拾的下场，不如当初低调一些。杨绛先生也曾说过："别晒幸福，别晒甜蜜，别晒发达，也别晒成功。物理学常识告诉我们，晒总会失去水分，藏才是保鲜的最好方式。幸福是养自己的心，不是养别人的眼。"

然而如果不享受当下的美好，把自己心中的那一份喜悦分享出去，又怎么对得起内心的骄傲与尊严呢？

说到底，是否官宣，没有统一标准，只取决于当事者的内心（公众人物有时要排除在外，他们经常会由于事业的需要，联系媒体进行有意为之的宣传），不妨理解为与众人分享个人内心世界，或邀请他人陪伴自己一起享受如尘埃般活在这个世界上的那份存在感，也许更准确些吧。

2023.07.11

为青春喝彩

午夜时分,伏案工作,耳畔忽然传来微弱的歌声,断断续续,许久不停。初以为是邻居家电子产品播放音乐,没放在心上,后至临街阳台不经意向楼下一看,望见马路对面便利店门口五六个年轻人围在一起,其中一小伙抱着吉他边弹边唱,其余小伙伴也或用手机伴奏,或和着音乐吟唱,歌声源头原来在此。午夜的街头,鲜有行人经过,也无音箱扩音,但他们弹得专注,唱得投入,全然不在乎是否有人喝彩,只是尽情挥洒青春罢了。

此情此景,让我恍然间有一种隔世穿越的感觉,瞬间唤起了许多青春的记忆。

高中时住校,每周只有周六回家一次,稍微能看上几眼电视,其余时间几乎全部投入在学习上。那时没有手机、没有电脑,仅有的娱乐生活只是同学间传阅的几本武侠小说、琼瑶小说,以及《读者》之类的杂志,当然偶尔也有不知从哪里传来的流行歌曲的磁带。每周班里会有一次教歌的活动,活动安排在晚自习时间,大家跟着班里的文艺积极分子学唱一首流行歌曲。似乎只有在那时,才能把学习的疲惫通过歌声宣泄出去;也只有在那时，才会将压抑的青春激情进行释放——尽管只是短暂的一小时，也足以缓解大家紧张学习的压力。

我当时是班里的教歌员之一，至今还记得当时教过的歌曲有《飞扬的青春》《跟着感觉走》《是否》《橄榄树》《往事如昨》等。现在回想起来，那时不知道哪里来的勇气让我敢于站在全班五十多位同学面前大声唱歌，并且一遍遍地让大家跟着我学唱。而且同学们也都学得很认真，所有人都会停下手中的笔，跟着我一起唱歌（其他教歌员教歌时也是如此）。以至于有一次班主任来巡查晚自习，看到大家那么专心地唱歌，皱着眉头听了几分钟，直接下达了结束教歌的命令，并且要求以后教歌时间不得超过二十分钟。只不过她的命令一次也没被执行过，因为后来她再没在教歌时间来过，我们也继续用一节课的时间尽情歌唱！

还有一次是请了外班一个男生来教歌，这小伙之前也在楼道里见过，长得挺帅，在年级里有一众女粉丝。他来了，而且是背着一把吉他来的！哇，全班都沸腾了。所有同学的眼睛都盯紧了他，班里的热度绝对达到了一百度。大家都安静地等着聆听他的吉他弹唱，没想到他沉默了半天，吞吞吐吐地说自己牙疼，不能唱歌。顿时一片嘘声和失望的叹息，然后有人喊，既然不能唱那就弹一首吧，他又忸怩了半天，拨弄了几下吉他，也听不出弹的是啥曲子，弹罢他说自己正在学弹吉他，还不熟练，后来他就那么不弹不唱也不说话在讲台上站了好一会儿。大家也并未因他不教歌不唱歌不弹琴而轰他下台，也就那么定定地看着他，甚至还带有几分欣赏的样子，仿佛看着他呆萌腼腆地站在那里，就已经很满足了。后来是文艺委员上台拉着他一起离开了教室，这才结束了当晚的教歌活动。

　　这就是青春吧，幼稚懵懂也好，活力激情也罢，都是人生旅途中不可磨灭的难忘记忆。不需掌声，无须喝彩，只要活出属于自己的那一份本真，人生就已足够精彩。

2023.11.24

黄老师

黄老师是我高中时的班主任老师,从高二到高三带了我两年,直到毕业。

她教英语,却不似有些英语老师那般洋气,说一口本地方言,上课认真,却没有什么花活,主要以传授知识为主。高中时我与她交集不多,毕业后才知道她曾因为文理分科的事找我爸谈过两次。然而我爸因坚持让我学理,故当时并未将黄老师与他谈话的事告知给我。故我在毫不知情的情况下,硬在黄老师的理科班撑到毕业,高考名落孙山,也就没机会到她家里去填报志愿(后来才知道,班里不少同学当时都是到她家里在她指导下填报的志愿)。

两年里我对她印象最深的是她的严厉,一是她平常不苟言笑,黑瘦的脸庞几乎总是板着,黑框眼镜后面的眼睛盯着我们时,似乎总是在发问:你们怎么又不学习了呢?二是我高考前三天因急性肠胃炎请了两天假,再回到学校时,她看到我全须全尾依然健硕,似乎对我生病有所怀疑,询问过程中有训斥的成分。现在想来,她是替我着急:距高考没几天了,别的同学都在争分夺秒,我却躺在病床上当逃兵,这在她们那代人眼里是不能接受的,因为她始终把敬业作为人生的第一要义。

今年的教师节恰逢高中母校 120 周年校庆,黄老师在我们班级群里发文,征集班级清晰版毕业照提供给校庆使用。那时(20 世纪 80 年代)的照片还是胶卷相机拍出来需要进行冲洗的,质量总体不佳。她是有照片原片的,但翻拍后更加模糊。我相册里刚好有扫描过的班级毕业照,比翻拍的原片要清晰得多,于是发在群里,她看到了很高兴,说发给学校应该能用。班里同学看到我发的照片,也你一句我一句聊起之前上学时的一些事,都对黄老师感恩有加。恰此时,一同学(此同学现在也在高中母校任教)发了一段视频,是学校采访黄老师的一小段视频,看完我直接"泪目"了。

视频中的黄老师满头白发,精神却异常矍铄,思路清晰,反应敏捷,语言流畅,完全不像一个八十二岁的老太太。她拿出了历届学生的毕业照合影,铺满了一桌子;还有她的一摞子工作笔记,翻开后都是她记录的当班主任时所有学生的入学成绩、每学期考试的成绩以及高考成绩、考上了哪所院校。她说:不是我们老师成就了学生,而是学生成就了老师。

看着视频中铺得满满一桌子的照片,还有那摞得老高的工作笔记,听着黄老师谦和质朴的话语,我的内心充满了感动与敬佩。或许是自己也一直从事教师这份职业,感同身受,更加能够体会到老师的辛苦与不易,因此也愈发感觉到黄老师的敬业与坚守,其实就是对老师这份职业的尊重与敬畏。

桃李不言，下自成蹊。埋头工作，默默奉献。这是黄老师以及如黄老师一样的许多老师的写照，也是吾辈正在承担着教书育人重任的师者当倾心赓续、勉力付出的责任，唯有将这一份热爱与坚守用心传承，发扬光大，才不会辜负了老师对自己培养的恩情。

祝黄老师身体健康，风采永驻！

2024.09.19

同学聚会

暑假里参加了大学毕业三十年的同学聚会,感慨良多。

上学时全年级四个班一共一百六十七名同学,这次来了四十一人,勉强凑齐一个班的人数。队伍是小了点,可大家聚会的兴致和热情都很高。像我这样从外省赶回母校的寥寥,母校所在省内的同学回去的占多数,匆匆一下午的活动,张弛有度,也属难得了。

一个月前就收到聚会的通知,本不打算前往,一是我自小"社恐",害怕参加人多的活动,高中毕业三十年、大学毕业二十年的活动我都没参加,躲过了繁杂喧嚷的场面;二是天气炎热,一天内往返一千公里的旅程实在辛苦;再加上一想到聚会总是功成名就之群体表演的舞台,我等平庸之人连绿叶都不配当,除了汗颜,无其他感受,何必去凑这个热闹呢?

然而转念一想,同学几次三番发来邀请,制作精美的聚会活动秩序册也发了过来。毕业三十年了,年过五十,渐渐不似年轻时对一切都无所谓、把什么都放得下,我竟然日渐变得怀旧起来,经常想起上学时候的许多事,感觉应该珍惜感情。加之不时经历身边人突然离世,时常慨叹"明天和意外不知道哪个先来",愈发觉得有见一见共处四年同学的必要。管它事业成功与否,只是为了见上一面,千里奔波也是值得的。

去了,见了,大家都很开心。三十年未见,大部分同学都已经是"对面不相识",见面的第一件事是要做自我介绍,互相说的第一句话是比上学时胖了还是瘦了,说得最频繁的一句话是能见到真是惊喜。活动内容很丰富,请了以前上学时的老师、辅导员,也请了现任学院的院长、书记,竟然还安排了给每位到场的同学拨穗的环节(三十年前毕业时还无此项目)。现场大屏幕还播放了上学时我们青涩的照片,看的人既想哭又想笑,内心感触太多,但也只能慨叹时光易逝、岁月催人老了。

因此更感到这一次相见的必要,因为同学中已经有四位不在人世,悲伤之余更多的是惊叹和遗憾:虽知天命,却不算老,斯人早逝,空留叹息。这也给了我们这些年过半百之人一些警示:保重身体,珍惜当下。见一面少一面的同学会,以后能不能五年一聚?或者想聚就聚,在通信日益发达的今天,聚会的方式太多,距离丝毫不是问题啊!

感谢组织聚会的同学,也是给我们发消息的这位同学,他虽有借办聚会宣传自己的文化公司之嫌,但聚会的人、财、力全由他出,活动策划也由他全程担纲负责,活动后的网络推文是他亲自执笔写就,合影、个人照片也是他发送到群里或个人手中,的确是操心良多,而且时时处处都能感受到他对母校的拳拳深情。上学时我与他同班,且同在校广播站工作,他编辑,我播音，配合得很好，当时并未察觉他感情丰富，对他唯一的印象只是工作认真，不苟言笑。这次聚会才真正了解到他对母校、对老师、对同学的这份深情，看来四年的时间用来了解人还是远远不够的啊！

所以聚会还没结束，大家就已经开始期待下一个十年（也许是五年）的再聚首了。到时应该会有更多的话题聊起，也会有更多的感慨生出，当然也会如现在一般有更多对昔日同学的认识生发出来。无论如何，都会是又一次对旧日同学情的延续了。

相知无远近，万里尚为邻。人生后半程，多了平淡，却并不缺少激情；少了辉煌，却增加了沧桑后的充实，于是也更加懂得相聚的难得与不易。愿各位同窗都身体健康，共同等待下一次聚会时的惊喜相见。

2024.09.19

附录

插画索引

页码	插画名称	备注	
3	法国亚眠大教堂	钢笔	临摹
5	华沙理工大学建筑学院（一）	钢笔	写生
7	摩天楼（一）	钢笔	临摹
10	应县木塔	钢笔	临摹
13	洛阳街景	钢笔	写生
15	罗马纳沃纳广场	钢笔	临摹
18	景观设计图稿	钢笔	临摹
20	二叔家	钢笔	写生
22	南京明孝陵	钢笔	写生
24	办公楼	钢笔	设计稿
27	华沙瓦津基宫	钢笔	写生
29	故乡（一）	钢笔	写生
32	多层住宅	钢笔	临摹
35	哥特建筑	钢笔	临摹
38	摩天楼（二）	钢笔	临摹
41	威尼斯圣马可广场	钢笔	临摹
45	中国古建筑	钢笔	临摹
48	现代建筑	钢笔	临摹

53	洛阳火车站	钢笔	写生
56	肖邦像	钢笔	写生
60	华沙理工大学建筑学院（二）	钢笔	写生
63	苏州沧浪亭	钢笔	写生
65	无题	钢笔	创作
68	广州中山纪念堂	钢笔	临摹
72	比萨斜塔	钢笔	临摹
75	故乡（二）	钢笔	写生
78	开封龙亭（一）	钢笔	写生
82	中国古家具	钢笔	写生
85	后现代主义建筑	钢笔	临摹
88	南京梅园	钢笔	写生
91	开封龙亭（二）	钢笔	写生
94	上海市劳动局	钢笔	写生
98	城市街景	钢笔	临摹
102	流水别墅	钢笔	临摹
105	华沙理工大学主楼装饰	钢笔	写生
107	上海街景（一）	钢笔	写生
110	传统民居	钢笔	临摹
118	日本筑波中心	钢笔	临摹
121	老家具	钢笔	写生
128	苏州拙政园	圆珠笔	写生
131	雅安汉阙	钢笔	临摹
134	南阳荆紫关民居一角	钢笔	写生
136	洛阳百货大楼	钢笔	写生
139	南京工学院礼堂	钢笔	写生

142	深圳小梅沙海洋公园（一）	钢笔	设计稿
148	寒山寺	钢笔	写生
151	开封相国寺	钢笔	写生
153	陕西美食	钢笔	创作
156	香港立法会大楼	钢笔	临摹
160	深圳小梅沙海洋公园（二）	钢笔	设计稿
163	洛阳邮电大楼	钢笔	写生
168	老式铁炉	钢笔	写生
171	建筑大师赖特	钢笔	临摹
174	华沙瓦津基宫一角	钢笔	写生
177	南京莫愁湖	钢笔	写生
181	承德普宁寺钟楼	钢笔	临摹
186	建筑大师路易·康	钢笔	临摹
189	老同学	铅笔	写生
194	洛阳上海剧院	钢笔	写生
208	洛阳迎宾馆	钢笔	写生
211	上海街景（二）	钢笔	写生
216	法国卢浮宫	铅笔	临摹
219	中山陵牌坊	圆珠笔	写生
222	洛阳建筑	钢笔	写生
230	南阳荆紫关禹王宫	铅笔	写生
233	上海街景（三）	钢笔	写生

后记

这本随笔集时间跨度有些长，收录了我十余年的作品，其实也是对自己写作历程的一个记录和延续。

我幼年时喜欢读书，七岁时读了人生第一本书《格林童话选》，之后就爱上了阅读各种课外读物，先是童话，后来是散文、小说、诗歌，报纸杂志上的评论文章也看了不少，这也为后来的写作打下了一点基础。

初二时，语文老师发现我在写作方面有些天赋，建议我可以写些练笔，投在当地日报上（他就在日报上发了不少小文章）。由于自卑和羞怯，我并未动笔，现在想来有些愧对老师，如果当时就将自身所长进一步发挥，人生有否可能是另一番模样呢？

刚上高中时语文老师要求记日记，班里其他同学记了一个月就停下了，因为老师不收也不检查，只有我坚持了下来，从高中到大学再到工作，一直记了十年，直到我辞职离家到西安读研究生。留校后工作、安家、生子，日记不再写了，偶尔翻翻那十年的日记，满满的回忆也很令人欣慰。

孩子上小学刚开始写作文时毫无头绪，我一边给他讲解一边与他一起写同题作文，写完后再对比着告诉他我的作文好在哪里，他的作文在哪些方面需要改进。经过一学期的训练，孩子的写作水平有了很大提升，至少不再为作文无从下笔发愁了（这其实是发挥了我的长项，因我大学的专业就是汉语言文学，且在全中文系的作文竞赛中获过二等奖）。孩子上初中后，为便于家校联系，班主任老师要求家长把孩子每天的情况写在家校联系本上，老师定期检查，我又成为那个唯一坚持写了三年的家长。每天我会把孩子与我讲述的在学校的一些情况以及在家的表现写在本子上，有时也写到他与我思想上的一些交流，百字以内，言简意赅，三年下来也写了七八个本子。班主任经常在家长会时把孩子的家校联系本拿出来念给全班家长听，督促其他家长也进行效仿，以加强对自家孩子的教育和陪伴，她还建议我把这些文字拿去出版，就像《傅雷家书》那样的。不过此项事务至今也未成行，也许只配敝帚自珍，担心曝光之后贻笑大方吧！

后来就写了这本文集。其中的大部分作品写于2020—2022年，彼时教学和科研工作转为线上，每日待在家中，省去了大量上课通勤的时间，所以在工作之余，有时间和精力看书、思考，然后将思考的成果诉诸笔端，写成了一篇篇的小短文，多为某件事情触发灵感，或对生活中的日常有所思有所想，或者因人情世故引发的思考。所记事件多为真实发生，但事件中的人并无特指，请读者切勿对号入座。文集中少量作品写作时间较早，也都是对当时当事的点滴记录。

成暖集

  这本文集的几十幅插画全部出自我的爱人王军之手，他自幼酷爱美术，这些插画多为其大学时期和工作期间的写生钢笔画。他用画笔记录了对城市、建筑、生活的观察和体悟，也为文集增添了艺术色彩和趣味性。

朱瑾
2024 年 8 月